SPECIES
SANDRA

SPECIES

DESIGN HR GIGER

EDITION C

EDITION C

Edition Crocodile AG, P.O.Box 4031, CH-6304 Zug, Switzerland
Vertrieb: Lappan Verlag GmbH, Postfach 3407, D-26024 Oldenburg, Germany, Fax ++49-411- 9 80 66-24

1. Auflage 1995

BESONDEREN DANK AN

Sandra Beretta, Mia Bonzanigo, Mona Uhl, Peter und Helena Baumann, James R. Cowan, Paul Macirowski, Leslie Barany, Frank Mancuso Jr., Roger Donaldson, Richard Edlund, Steve Johnson, Dennis Feldman, Ginger Smiths, Andy Schedler, Brigitte Von Känel, Conny de Fries, Daniel Boller, Nadia, Marco Wüst, Daniel Rieser, Stahl & Traum, Urs Grob, Andy Stutz, Ball & Sohn, Kaspar und Adrian Wolfensberger, Tania Tkatchuk, Nadine, Roman Güttinger, Sascha Serfoezoe, Uldry & Sohn, André Margraitner, Franco Diomaiuta, Wale Buri, Ralf Kühne, Clara Höricht-Frame, Thomas Olson, Lisa Jones, Juhani Nurmi, Viewpoint Datalabs

H.R. Giger, 1995

IN MEMORIAM

Melly Giger-Meier

GEWIDMET

Sandra Beretta, James Cowan, Leslie Barany, Jerome Sussman

Graphic design: Sandra Beretta, Atelier Giger, Zürich
Übersetzung und deutsche Bearbeitung: Michael Lang, Peter Baumann
Fotos: H.R. Giger, MGM Inc., Sascha Serfoezoe, James Cowan, Louis Stalder, Andy Schedler, Sandra Beretta, Patrick Rochon, Paris Match, Willy Spiller, Marco Wüst, Steve Johnson's XFX, Boss Film, Steve Bonge
H.R. Gigers Agenten: ARh+ Publications, Leslie Barany Communications, 121 W. 27th Street # 202, New York, NY 10001, Tel. (212) 627-8488, Fax (212) 463-7983
Morpheus International, James R. Cowan, 9250 Wilshire Blvd., # LL 15, Beverly Hills, CA 90212, Tel. (310) 859-2557, Fax (310) 859 7455

Printed in Hong Kong, ISBN 3–89082–577–X

UMSCHLAG-VORDERSEITE UND SEITE 2: SIL-DISPLAY VON STEVE JOHNSONS XFX, INC., FOTO: MINDAS. WURM-BUCHSTABEN VON H.R. GIGER
UMSCHLAG-RÜCKSEITE: GHOST TRAIN MIT BAHNSTATION VON H.R. GIGER, FOTO: SASCHA SERFOEZOE, ATELIER GIGER, ZÜRICH

SEITE 1 + 84: «SPECIES HINTER DEN KULISSEN», 1995, © H.R. GIGER, OBJEKT MIT 49 BOXEN, METALL, POLYESTER, BERA-CRYL, SILIKON, GUMMI, GELATINE, WACHS, PLEXIGLAS, FARBE UND CIBATOL, 187 X 131.5 X 32 CM, DESIGN UND HERSTELLUNG VON H.R. GIGER, FOTOS: LOUIS STALDER

SEITE 84: ZUSÄTZLICH ORIGINAL SIEBDRUCK-GRAPHIK, DRUCK: ALBIN ULDRY, NUM. UND SIGNIERT VON H.R. GIGER, AUFLAGEN: 1/350 GROSSFORMATIG, 1/400 KLEINFORMATIG, © H.R. GIGER
SEITE 4: SIL IM ABWASSERKANAL, FOTO: MELINDA S. GORDON, © 1995 MGM INC.

VORWORT

FRANK MANCUSO JR.
PRODUZENT, MGM INC., LOS ANGELES

H.R. Giger ist ein Künstler, während wir vom Filmbusineß uns selber zwar auch gerne für Künstler halten, bestenfalls aber bloß Filmemacher sind. Wir bedienen uns der Talente vieler einzelner und geben enorme Summen aus, um unser eigenes Kunstprodukt zu schaffen. Wir investieren das Geld mit dem einen Ziel, Profit zu machen. Ein Film mag zwar seiner artistischen Qualitäten wegen geschätzt werden, gefeiert aber wird er erst, wenn er profitabel ist. Künstlerisch hoch gerühmte Filme, die an der Kinokasse nichts einbringen, gelten als Flop. Umgekehrt wird ein schlechter Film ohne künstlerischen Wert, bloß weil er viel Geld einspielt, als Großerfolg gefeiert. Das ist unsere Lebenshaltung hier in Hollywood. Trotzdem verbindet viele von uns ein gemeinsamer Anspruch: einen hervorragenden Film zu machen, der weltweit sein Publikum findet. Ist das der Fall, dann kann ein Film die Welt stärker beeinflussen als die meisten anderen Kunstformen.
Ein Produzent prüft jedes Projekt auf seine Einzigartigkeit hin. Im Falle von SPECIES stand ganz klar die Kreation von Sil im Mittelpunkt. Ich war überzeugt, daß zwischen der ästhetischen Qualität von Sil und der Reaktion des Publikums auf den Film ein direkter Zusammenhang bestehen würde.
Für uns kam nur einer in Frage, um Sil zu schaffen: H.R. Giger. Er war der einzige, den wir anfragten,

Bei der Zusammenarbeit mit H.R. Giger erwiesen sich vorgängige filmemacherische Erfahrungen als weitgehend wertlos. Ein kreativer Prozeß ist schon unter idealen Bedingungen eine schwierige Sache. Von idealen Bedingungen aber konnte in unserem Fall nun wirklich nicht die Rede sein. Giger lebt in Zürich, weit weg von Los Angeles. Weil seine Mutter, die in der Zwischenzeit verstorben ist, damals schwer krank war, wollte er die Schweiz nicht verlassen. Also reiste ich zusammen mit dem Regisseur und dem Drehbuchautor zu ihm, um ihn mit der filmischen Idee und mit unseren Vorstellungen vom Monster vertraut zu machen. Weil Gigers Muttersprache nicht Englisch ist, konnte das Drehbuch nur teilweise als Kommunikationsinstrument dienen. Ich dachte deshalb, es sei sinnvoller, auf seinem gestalterischen Hintergrund aufzubauen und so an die Kreation von Sil heranzugehen. Damit Giger sein Design zielgerichtet entwerfen konnte, beschrieben wir also, welche Funktionen Sil im Film auszuführen hatte. Uns war sehr daran gelegen, daß Sil eine raffinierte, elegante Ästhetik ausstrahlt. Bis jetzt sind uns Filmgeschöpfe dieser Art nicht unbedingt ihrer Schönheit oder Anmut wegen in Erinnerung geblieben, sondern wegen der Bösartigkeit ihres Tuns. Wir sahen aber nicht ein, warum ein solches Wesen, obwohl es Schrecken verbreitet, nicht auch Anmut verströmen soll. Genau dieser Aspekt schien Giger an der Aufgabe am meisten zu reizen. Aber würden wir uns mit seinen Vorstellungen von Anmut und Schönheit anfreunden können?

Gigers Vertrauen zu gewinnen ist nicht einfach, denn in Sachen Film ist er ein gebranntes Kind. Etliche Filmemacher haben ihre Versprechungen ihm gegenüber gebrochen. Dieser Tatsache muß man sich bewußt sein, wenn man mit Giger arbeitet. Als wir nach Los Angeles zurückkehrten, beschlossen wir deshalb, daß ich täglich per Telefon und Fax mit Giger kommunizieren sollte. Allerdings war mir damals von Gigers Liebesaffäre mit dem Telefon noch nichts bekannt! Tatsächlich hält er den Kontakt zur Außenwelt über das Telefon aufrecht. Also unterhielten wir uns täglich stundenlang, und zwar stets nach Mitternacht, manchmal um vier Uhr morgens Schweizer Zeit. Auf diese Weise gelang es uns schließlich, eine Verständigungsbasis zu schaffen und einige der distanzbedingten Schwierigkeiten zu überwinden.
Meiner Meinung nach ist die Kreation von Sil in mancher Hinsicht die Frucht modernster Telekommunikationstechnik: Ohne die allgemein zugängliche Telekommunikation wäre es absolut unmöglich gewesen, die Aufgabe zu meistern, die wir uns gestellt hatten. Wir waren Tausende von Kilometern voneinander entfernt, unfähig, uns verbal zweifelsfrei verständlich zu machen, frustriert auch angesichts der schwierigen Aufgabe sowie des Zeit- und Gelddrucks. Doch nach Hunderten von Faxbotschaften (keine klar genug), Hunderten von Stunden am Telefon und zwei Besuchsrunden lag schließlich ein Design vor, das uns allen

Als der eigentliche Drehtermin näher rückte, mußten wir Sil aus der zweiten in die dritte Dimension transponieren. Wir bedienten uns verschiedener Methoden, um unserem Geschöpf Atem einzuhauchen. Zuerst bauten wir in den XFX-Ateliers von Steve Johnson ein Animationsmodell, das mit elektronischen Mitteln und von sehr talentierten Puppenspielern gelenkt wurde. Steve hat eine enorme Hochachtung vor Giger und wollte ihn mit seiner Arbeit unbedingt zufriedenstellen. Außerdem schufen wir mittels computergestützter Bildgestaltung eine virtuelle Sil – eine Methode übrigens, die uns in Zukunft noch viele Geschöpfe bescheren wird. Uns schien niemand geeigneter, diese Herausforderung anzunehmen, als Richard Edlund mit seinem Boss-Film-Studio.

Wir leben in einer verführerisch gefährlichen Zeit, in der nur die Brieftasche Grenzen setzt. Alles, was erträumt werden kann, kann auch realisiert werden. Und zwar bis ins kleinste Detail: der Gesichtsausdruck, die Bewegungen des Haares – alles, was das Herz begehrt. Es war denn auch eine Freude, mit einer Gruppe von Künstlern wie Giger, Edlund und Johnson zu arbeiten, die ihr ganzes Können einsetzten, um die vom Autoren Dennis Feldman ersonnene Kreatur zum Leben zu erwecken.

Nachdem Tausende von Hindernissen überwunden waren, freuten sich alle Beteiligten über das Resultat – sogar H.R. Giger, der Umsetzungen seiner Designs in die dritte Dimension im allgemeinen haßt.
Steve Johnson freute sich riesig, als Giger anrief, um ihm zu sagen, wie glücklich er mit der Umsetzung von Sil sei. Gigers kritische Aufmerksamkeit noch dem kleinsten Detail gegenüber ist erstaunlich, und nur wenige finden seine Anerkennung.

Es kommt selten vor, daß mehrere gemeinsam auf ein künstlerisches Ziel hinwirken und daß dabei am Ende nicht nur die jeweiligen Einzelinteressen befriedigt werden, sondern auch das übergeordnete gemeinsame Ziel erreicht wird. Genau dies aber war der Fall bei diesem außergewöhnlichen Projekt mit H.R. Giger und seinem brillanten Design.

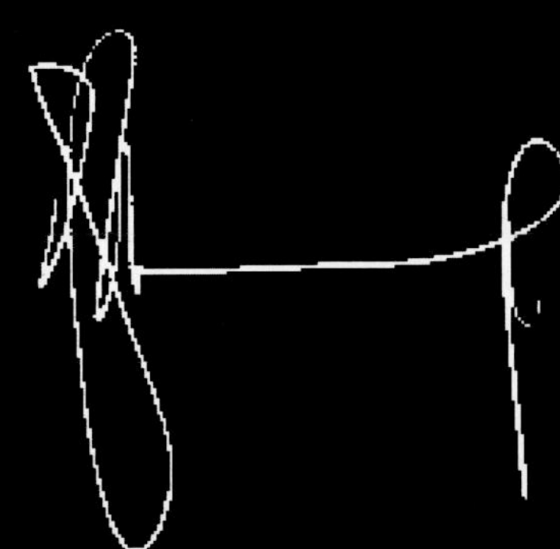

Frank Mancuso jr.

EINLEITUNG

DREHBUCHAUTOR FELDMAN MIT SEINEM KIND

Vor einigen Jahren hatte ich eine hitzige Auseinandersetzung mit meinem Bruder. Wir arbeiteten damals an einem Science-fiction-Projekt über Außerirdische, die auf die Erde kommen, und ich sagte: «Die Idee, daß Außerirdische in großen Raumschiffen aus Metall hier angereist kommen, ist lächerlich. Die Distanzen sind schlicht zu groß und die Beförderungsmittel zu primitiv.» Mein Bruder entgegnete: «Wenn du eine bessere Idee hast, so laß sie raus!» Ich war wütend, aber im Moment hatte ich keine Alternative anzubieten. Nachts dann kam mir ein Geistesblitz: Die Außerirdischen würden mit Lichtgeschwindigkeit eine Botschaft zur Erde senden und versuchen, mittels Informationsaustausch mit uns zu kommunizieren. Mit einem Code aus Punkten und Strichen, Einsen und Nullen.

Ich kam rasch drauf, daß es uns wegen der riesigen Distanzen unmöglich wäre, auf eine solche Botschaft zu antworten. Es würde bei der Einwegkommunikation bleiben. Sinnvoller wäre es, wenn uns die Außerirdischen Pläne zum Bau einer Maschine schicken würden, mit der wir uns anschließend unterhalten könnten. Vielleicht eine biologische, organische Maschine? Sie müßten uns etwas Lebendiges bauen lassen, vielleicht sogar ein Abbild ihrer selbst. Programmiert mit Informationen, Erinnerungen und all den Dingen, die sie uns vermitteln wollen. Aus dieser Idee heraus entstand SPECIES.

Ich kombinierte den Einfall mit der Bemerkung eines Wissenschaftlers, die dieser gemacht hatte, als von der Erde erste Botschaften ins All geschickt wurden. Er sagte: «Nach allem, was wir über biologische Abläufe wissen, ist es ein Irrsinn, ins All auszusenden, wo wir zu finden sind.»

Der Gedanke an die biologische Maschine der Außerirdischen ließ mich nicht mehr los. Es hat mich schon immer fasziniert, wie alle höheren Organismen überlebten, indem sie Energien absorbierten, die andere Lebewesen angelegt hatten: Es ist ein ständiges, raubtierartiges Selbstbedienungs-Gerangel im Gange. Und der Mensch ist eines der größten Raubtiere überhaupt. Eingedenk unseres Umgangs mit anderen Arten, ja selbst mit Gruppen unserer eigenen Art, wären wir tatsächlich verrückt, unseren Aufenthaltsort zu verraten – vor allem, weil wir nicht ausschließen können, daß andere vom selben Schlag sind wie wir!

So nahm die Story Gestalt an.

Während einiger Jahre machte meine Ideenskizze in Hollywood unter dem Arbeitstitel «The Message» (Die Botschaft) die Runde, doch interessierte sich niemand dafür. Im Jahre 1993 setzte ich mich dann hin und schrieb ein Drehbuch. Ich legte es der neuen Geschäftsleitung von MGM vor und verkaufte es schließlich auch an MGM, obwohl mittlerweile noch vier andere Studios mitboten.

Der nebenstehende Text ist meine ursprüngliche Ideenskizze zum Projekt, das ich «The Message» nannte und aus dem nun SPECIES geworden ist. Vieles an dieser Urfassung wurde für den Film überarbeitet und abgeändert – aber so ist das nun mal in Hollywood!

Dennis Feldman

DIE BOTSCHAFT

Ein zehnjähriges Mädchen erhebt sich vom Bett, das in einer großen Glaskuppel steht. Die Laborangestellten, die um den Glasbehälter herum hantieren, vermeiden es tunlichst, den Blick des Mädchens zu erwidern. Furchtsam beobachtet das Kind, wie ein Kanister mit Giftgas an die Luftzufuhr angeschlossen wird. Auf Anweisung des Projektleiters Fitch dreht ein Techniker den Hahn auf, und das Zyanid strömt in die Glaskuppel. Als sich das Giftgas ausbreitet, zerschlägt das Mädchen mit einem gewaltigen Schlag eine der Scheiben und flüchtet aus dem streng abgeriegelten staatlichen Versuchslabor, während einige der Angestellten vom ausströmenden Gas vergiftet werden. Draußen tasten Helikopter das Gelände mit Suchscheinwerfern ab. Das Mädchen springt auf einen vorbeifahrenden Zug auf.

In einem Güterwagen schlafend, träumt das Mädchen von Seeungeheuern, die sich gegenseitig verschlingen. Als es aufwacht, blickt es in das lüsterne Gesicht eines Landstreichers. Das Mädchen schlägt blitzschnell zu und tötet den Mann. Anschließend ißt es seelenruhig dessen Proviant auf. Als der Zug später beim Los Angeles River anhält, springt das Mädchen, das inzwischen in die viel zu großen, blutgetränkten Kleider des Landstreichers geschlüpft ist, vom Wagen. In eine pastellfarbene Dunstwolke gehüllt, streift es durch die City und schaut sich aufmerksam um. Interessiert beobachtet es, wie Eßwaren und Geld die Hand wechseln.

Unterdessen hat Fitch den toten Landstreicher aufgespürt. Ein Gehilfe berichtet ihm, daß der angeordnete DNA-Test die Täterschaft des Mädchens bestätigt.

Das Mädchen folgt einem Kleiderfabrikanten in den Fahrstuhl, durchbohrt den Mann mit einem lederartigen Tentakel und entwendet Bargeld und Kleider.

Fetch stellt ein kleines Team von Experten aus unterschiedlichen Fachgebieten zusammen. Dem Team gehören an: Professor Arden, ein bekannter Verhaltensforscher, Dan, ein lernbehinderter junger Mann mit der Begabung, sich in andere Menschen hineinzufühlen, die ebenso kluge wie schöne Biologin Laura sowie Captain Press, ein Spezialagent der Armee.

Das Mädchen hält sich jetzt in einem billigen Hotel auf, wo es gierig Fernsehbilder und Eßwaren verschlingt. Mit seinen zehn Kilo Übergewicht wirkt es aufgedunsen und ist verwirrt, als es auf seinem hübschen Gesicht häßliche Pickel entdeckt. Plötzlich brechen die Pickel auf und Würmer winden sich heraus. Instinktiv beugt sich das Mädchen über das Klosett, während die Würmer sich um seinen Körper schlingen, ihn einwickeln und schließlich einen schimmernden Kokon bilden.

Fitch klärt sein Team darüber auf, daß die US-Regierung im März 1994 über das Radioteleskop von Arecibo drei Botschaften von Außerirdischen erhalten hat. Die erste Botschaft habe sich als genialer Bauplan zu einem Katalysator für Methangas erwiesen, was auf friedliche Absichten der Absender habe schließen lassen. Die zweite Botschaft sei nicht zu entziffern gewesen. Und die dritte Botschaft habe sich als DNA-Kette nebst Anleitung zu deren Übertragung auf menschliche Zellen herausgestellt. Die Wissenschaftler seines Geheimprojektes hätten diese Anleitung in der Annahme befolgt, sie könnten eine Kreatur erschaffen, die zu ihnen sprechen werde.
Fitch führt dem Team ein Videotape vor, auf dem zu sehen ist, wie sich die Kreatur mit dem Codenamen Sil in nur vier Wochen aus einem Embryo zu einem zehnjährigen Mädchen entwickelte. Fasziniert beobachten die Experten, wie Sil eine lästige Stechmücke reflexartig mit einem Stachel erlegt, der aus ihrer Rückenpartie hervorschnellt. Fitch hat keine Erklärung für das, was sich da abspielt. Weil er auf dem Bildschirm beobachtet hat, wie Sil den Forschern von den Lippen liest, nimmt Arden an, daß sie Englisch spricht. Und Laura stellt fest, daß Sil aufgrund der Augenstellung eine Art Raubtier sein muß. Press faßt die Situation in einfachen Worten zusammen: Die Regierung hat ein Monster geschaffen, das Monster ist ausgebrochen und das Team hat jetzt den Auftrag, es einzufangen oder zu vernichten.

FOTO: DENNIS FELDMAN

Im Hotel stößt ein Zimmermädchen auf die seltsame Hülle und schreckt Sil auf. Sil reagiert schnell, tötet den Eindringling und schält sich aus dem Kokon heraus. Sil entpuppt sich als hinreissend verführerische Frau mit blondem Haar und leuchtendgrünen Augen. Später findet das Suchteam die leere Hülle, und Arden schließt aus einer weggeworfenen Fruchtsaftpackung, daß Sil lesen kann. Dan nimmt an, daß sie das beim Betrachten von TV-Werbespots gelernt haben muß.

Unterdessen kauft sich Sil einige Frauenzeitschriften und bezieht ein anderes Hotelzimmer. Sie studiert die Zeitschriften aufmerksam, um herauszufinden, was eine Frau modern und sexy erscheinen läßt.

Laura hat eine Erklärung für Sils Verwandlung gefunden: Raupen weben Kokons und verwandeln sich in Schmetterlinge, um sich zu paaren. Sil tut dasselbe. Anhand einer Computeranimation zeigt Laura auf, was passiert, wenn ein Raubtier in eine Umgebung eindringt, die keine Raubtiere kennt: Die ursprüngliche Art wird ausgerottet. Auf Sil übertragen: Wenn es dem Team nicht gelingt, Sil zu finden, wird die menschliche Rasse bis zum Jahr 2012 ausgerottet sein.

Sil besucht den heißesten Aufrißschuppen der Stadt und mischt sich unter die Leute. Doch ihre allzu dreiste Art der Anmache bringt sie vorerst nicht weiter. Erregt spießt sie ein angesäuseltes Mädchen auf, das ihr die Aufmerksamkeit eines Mannes gestohlen hat. Sil lernt schnell dazu. Bald schon kokettiert sie mit Robbie und fährt mit ihm nach Hause. Doch ein grünlicher Schleier, der Robbies Körper umgibt, läßt Sil erkennen, daß er kein geeigneter Paarungspartner ist. Später wird das Team auf Robbies Leiche stoßen und herausfinden, weshalb er von Sil verschmäht wurde: Robbie war HIV positiv.

A

Während Sil am nächsten Nachmittag, nur mit Bikini und Stöckelschuhen bekleidet, ein Restaurant in Venice Beach betritt, unternimmt das Team einen Laborversuch mit einigen der außerirdischen Zellen, die vom ersten Versuch übriggeblieben sind – diesmal, ohne sie auf menschlicher DNA zu übertragen. Weil ein Flüssigkeitsbehälter defekt ist, begeben sich Press und Laura in den streng gesicherten Trakt, um ihn zu reparieren. Niemand hat mit der wütenden, skorpionähnlichen Kreatur gerechnet, die sekundenschnell aus dem Glasbehälter schießt. Fitch gibt strikte Anweisung, den ganzen Raum einzuäschern, falls es Press und Laura nicht gelinge, das Ding binnen zweier Minuten zu zerstören. Dan rettet seinen Teamkollegen das Leben, indem er Fitch entgegentritt und für Press und Laura eine weitere Minute herausholt. Da endlich gelingt es Press, die gräßliche Kreatur mit dem Flammenwerfer zu vernichten.

Im Restaurant im nachmittäglichen Venice Beach hat Sil den Countrysänger Billy Joe kennengelernt und folgt ihm in sein Wohnmobil. Zwei Bandmusiker gehen ihnen nach, und die Männer versuchen, die Frau gemeinsam zu vergewaltigen. Sil spießt zwei der Kerle blitzschnell auf. Der dritte jedoch steht in der Sonne, und deren Strahlen scheinen Sils Tentakel zu versengen. In seiner Todesangst greift der Mann zum Telefon und wählt den Polizeinotruf. Da stoßen Sils Tentakel durch den Boden des Wohnmobils und schlängeln seine Beine hoch.

Als das Team später am Tatort erscheint, stellt es fest, daß Sil offenbar sehr sensibel auf natürliches Licht reagiert. Regierungsbeamte durchsuchen den Klub, in dem Sil zuvor gesehen wurde. Press und Laura finden heraus, daß sich Sil offenbar an einem Zeitschriftenartikel mit dem Titel «Die heißesten 10 Treffpunkte in Los Angeles» orientiert. Rasch fahren sie zum nächsten Klub auf der Liste. Doch sie verpassen Sil, denn die hat sich bereits den nächsten Mann geangelt und ist mit ihm nach Hause gefahren. Press und Laura folgen dem Paar und überraschen es beim Liebesspiel. Sil ertränkt ihren Partner, verwandelt sich in die Kreatur und buddelt sich nach draußen. Dort beobachtet sie bewundernd, wie Press auf einen Baum klettert, um nach ihr Ausschau zu halten.

Vor einem anderen Nachtklub tötet Sil später Arden, der sie erkannt hat, verschont aber Dan, weil sie sich von ihm nicht bedroht fühlt. Dann flüchtet sie im Auto in der sicheren Gewißheit, von Laura und Press verfolgt zu werden. In der Gegend des Mulholland Drive inszeniert sie einen spektakulären Selbstunfall. Im ausgebrannten Wagen stoßen die Verfolger auf die verkohlten Überreste einer blonden Frau von Sils Statur. Fitch scheint überzeugt zu sein, daß Sil bei dem Unfall umgekommen ist, Press dagegen ist sich da nicht so sicher.

Kaum ist Press nach Hause zurückgekehrt, prallt er auf eine neue Wohnungsnachbarin: Es ist Sil, mit neuer Frisur und anderer Haarfarbe. Sie hat sich gewaltsam Zutritt zur Wohnung nebenan verschafft und spielt nun die süße, schüchterne Unschuldige, die eben erst in Los Angeles angekommen ist. Press ist von der schönen Nachbarin sichtlich angetan, läßt sich aber nicht auf einen Flirt ein, weil er in Laura verliebt ist. Als Press Laura später in einen Nachtklub ausführt, ist auch Sil anwesend. Sie folgt Laura auf die Toilette und erkundigt sich bei ihr scheu nach Press. Beide Frauen scheinen dieselben Sympathien für ihn zu hegen. Sil wirkt jetzt wie ein Teenager mit Liebeskummer und nicht wie ein bösartiges Biest.

Spätnachts schleicht sich Sil nackt in die Wohnung von Press und schlüpft zu ihm ins Bett. Plötzlich nimmt sie ihre wahre Gestalt an und beißt ihm buchstäblich den Kopf ab. Schweißgebadet wacht Sil auf und realisiert, daß sie einen ihrer Alpträume hatte. Sie würgt dickflüssigen Schleim aus und drückt diesen gegen die Wand.

Anderntags läuft Sil in der Tiefgarage Fitch über den Weg. Dieser läßt sich nicht länger täuschen und erkennt in ihr die feindliche Kreatur. Doch anstatt sie zur Strecke zu bringen, bietet er ihr seine Hilfe an. Am Abend gehen Press und Laura erneut auf Discotour. Laura trinkt etwas zuviel und verführt den nur allzuwilligen Press, der überzeugt ist, die Frau fürs Leben gefunden zu haben. Sil erahnt diese Entwicklung. Wutentbrannt schlägt sie ein Loch durch die Wand zur Wohnung von Press. Dann kuschelt sie sich an einen Teddybär.

Als er nach Hause zurückkehrt, entdeckt Press das Loch in der Wand und ein riesiges Netz, das das ganze Wohnzimmer der Nachbarwohnung ausfüllt. Im glitzernden Geflecht hängen eine Babywiege, sein Uni-Abschlußfoto, der geköpfte Teddybär sowie der leblose Körper von Fitch. Jetzt erst realisiert Press, daß die hübsche Wohnungsnachbarin niemand anders sein kann, als das außerirdische Wesen, das er so verzweifelt sucht. Er hat keine Chance mehr, Laura zu warnen, denn Sil ist bereits bei ihr und fordert die Rivalin auf, auf Press zu verzichten. Nun merkt auch Laura, was los ist, und versucht, Sil zu beruhigen. Sie gibt vor, auf Press verzichten zu wollen. Doch dann taucht Press auf, und Sil erkennt, daß ihr Werben vergeblich ist: Press liebt Laura, nicht sie!

Press schießt jetzt aus kürzester Distanz auf Sil. Doch die Kugeln zeigen keinerlei Wirkung. Die Außerirdische schneidet sich mit einem Messer in kleine Stücke, und jedes dieser Stücke verwandelt sich sekundenschnell in eine gnadenlose Killerbestie. Verzweifelt versuchen Laura und Press, die bestialische Brut zu zerstören und das Haus anzuzünden. Sil verwandelt das, was von ihr übriggeblieben ist, in ein groteskes Spinnenwesen. Als solches kann sie sich ihrer Umgebung perfekt anpassen und sich so gut verstecken.

Press ist verwundet. Mehrmals sind Laura und er dem Tod nahe. Endlich gelingt es ihnen, das Haus in Brand zu stecken und ins Freie zu fliehen. Doch das kleine Spinnentier entkommt mit ihnen, indem es sich an Lauras Kleid klammert. Draußen verschwindet die Spinne in einem Blumenbeet. Verzweifelt suchen Press und Laura nach dem außerirdischen Wesen. Da sehen sie, wie ein Vogel zielsicher herunterstürzt, die kleine Spinne mit dem Schnabel packt und mit ihr davonfliegt. Im Vogelnest wird die leckere Beute an ein Jungtier verfüttert. Vielleicht hat sich damit der natürliche Ernährungskreislauf geschlossen, und die Natur ist wieder im Gleichgewicht!

Press und Laura stoßen auf ihre gemeinsame Zukunft an. Sie sehen nicht, wie die Spinne aus dem Schnabel des kleinen Vogels kriecht, das Muttertier attackiert und alles auffrißt, was in ihrer Reichweite liegt. Bald ist die Spinne so groß wie die ursprünglichen Nestbewohner und schaut uns aus scharfen, grünen Augen an.

(Anmerkung des Herausgebers: Wie der Drehbuchautor Dennis Feldman in seiner Einführung erläutert, wurde sein erster Entwurf der Geschichte für den Film SPECIES mehrfach überarbeitet und weiterentwickelt. Die Handlung des fertigen Films weicht denn auch in einigen Teilen von dieser Vorlage ab. Es schien uns aber interessanter zu sein, dem Leser den Vergleich des fertigen Films mit diesem ursprünglichen Entwurf zu ermöglichen, als hier eine exakte Inhaltsnacherzählung des Films abzudrucken.)

A: DIE JUNGE SIL (MICHELLE WILLIAMS) WÄHREND SICH DIE GLASKUPPEL MIT GIFTGAS FÜLLT,
FOTO: MELINDA S. GORDON, © 1995 MGM INC.

SPECIES

JAMES R. COWAN
VERLEGER VON MORPHEUS INTERNATIONAL

WIE ALLES BEGANN...

Seit ich Morpheus International gegründet habe und H.R. Gigers Bücher in den USA herausbringe, habe ich den Künstler bei verschiedenen Projekten vertreten. Am 28. Januar 1994 rief mich der Filmproduzent Frank Mancuso jr. an und berichtete mir, daß er und MGM daran interessiert seien, H.R. Giger für das Design des Filmprojektes SPECIES zu gewinnen. Das Zustandekommen des Projektes war noch nicht gesichert, aber man war überzeugt, daß die Mitarbeit von H.R. Giger die Sache beschleunigen könnte – ganz zu schweigen vom Wert, den Gigers konzeptionelle Entwürfe darstellen würden.

Als Regisseur war Roger Donaldson vorgesehen, der mit dem Film SMASH PALACE bekannt geworden war. In der Vorbereitungsphase hatte Donaldson verschiedene Science-fiction- und Designbücher durchforstet, bevor er auf die amerikanische Lizenzausgabe von «H.R. Giger's Necronomicon» stieß und sogleich begeistert war. Genauso hatte übrigens seinerzeit auch Ridley Scott reagiert, als ihm Dan O'Bannon während der Vorbereitungen zum ALIEN-Projekt das gleiche Buch vorgelegt hatte.

Ein Gespräch mit dem Drehbuchautor und Koproduzenten Dennis Feldman bestätigte das große Interesse an Giger. Ich rief Roger Donaldson an, um ihm zu seinem hervorragenden Film NO WAY OUT mit Kevin Costner und Gene Hackman zu gratulieren. Er war selbstverständlich mit dem ALIEN-Design vertraut, aber doch sehr erstaunt zu sehen, wie Giger mit seinem exotisch-biomechanischen Stil gerade auch die weibliche Anatomie darzustellen weiß – ein Stil, der weltweit Millionen in seinen Bann zieht. Wir plauderten über einige andere Science-fiction- und Horrorfilme, und mir wurde klar, daß Donaldson kein ausgesprochener Fan dieses Filmgenres ist. Ich sah darin einen möglichen Vorteil, weil er offensichtlich ein sehr profes-

A

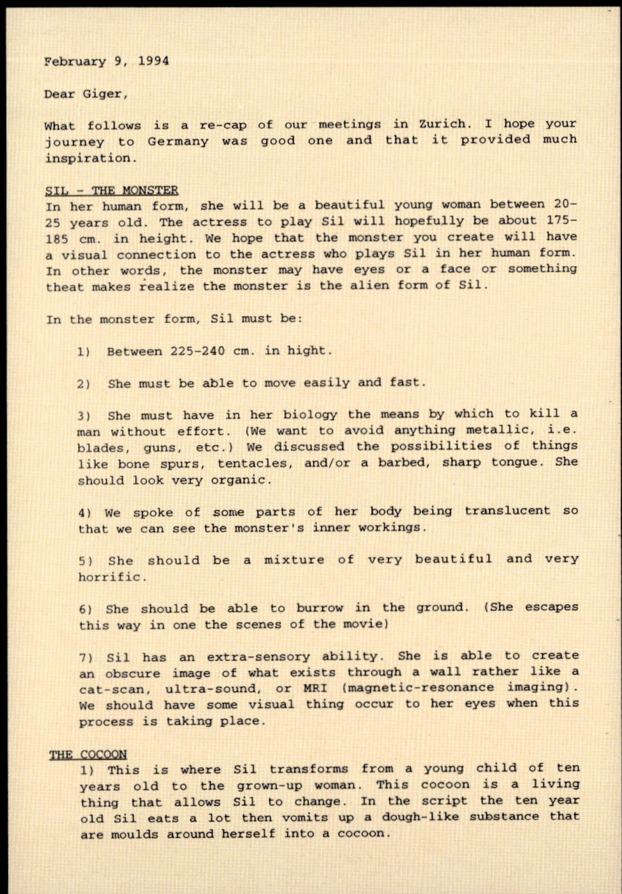

February 9, 1994

Dear Giger,

What follows is a re-cap of our meetings in Zurich. I hope your journey to Germany was good one and that it provided much inspiration.

SIL - THE MONSTER
In her human form, she will be a beautiful young woman between 20-25 years old. The actress to play Sil will hopefully be about 175-185 cm. in height. We hope that the monster you create will have a visual connection to the actress who plays Sil in her human form. In other words, the monster may have eyes or a face or something theat makes realize the monster is the alien form of Sil.

In the monster form, Sil must be:

1) Between 225-240 cm. in hight.

2) She must be able to move easily and fast.

3) She must have in her biology the means by which to kill a man without effort. (We want to avoid anything metallic, i.e. blades, guns, etc.) We discussed the possibilities of things like bone spurs, tentacles, and/or a barbed, sharp tongue. She should look very organic.

4) We spoke of some parts of her body being translucent so that we can see the monster's inner workings.

5) She should be a mixture of very beautiful and very horrific.

6) She should be able to burrow in the ground. (She escapes this way in one the scenes of the movie)

7) Sil has an extra-sensory ability. She is able to create an obscure image of what exists through a wall rather like a cat-scan, ultra-sound, or MRI (magnetic-resonance imaging). We should have some visual thing occur to her eyes when this process is taking place.

THE COCOON
1) This is where Sil transforms from a young child of ten years old to the grown-up woman. This cocoon is a living thing that allows Sil to change. In the script the ten year old Sil eats a lot then vomits up a dough-like substance that are moulds around herself into a cocoon.

B

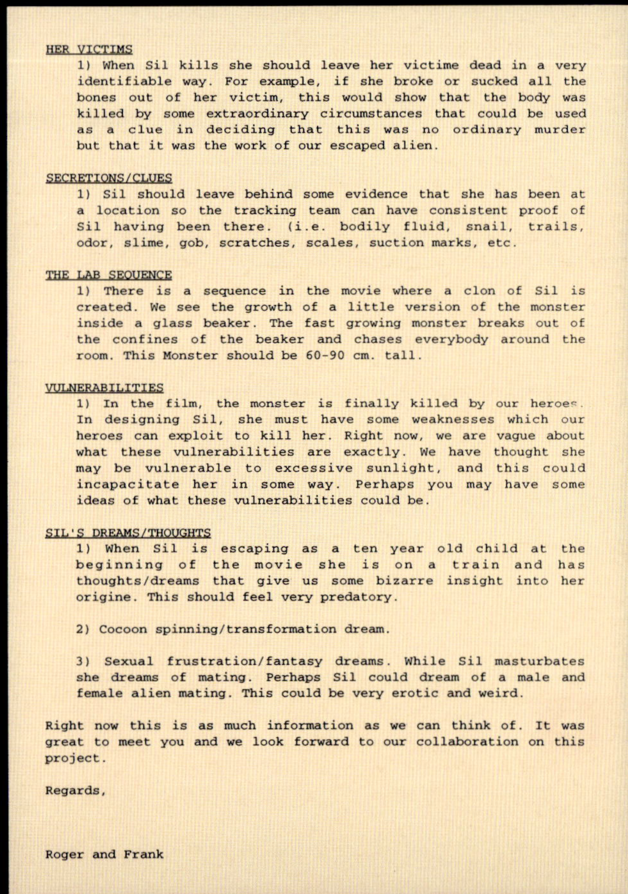

HER VICTIMS
1) When Sil kills she should leave her victime dead in a very identifiable way. For example, if she broke or sucked all the bones out of her victim, this would show that the body was killed by some extraordinary circumstances that could be used as a clue in deciding that this was no ordinary murder but that it was the work of our escaped alien.

SECRETIONS/CLUES
1) Sil should leave behind some evidence that she has been at a location so the tracking team can have consistent proof of Sil having been there. (i.e. bodily fluid, snail, trails, odor, slime, gob, scratches, scales, suction marks, etc.

THE LAB SEQUENCE
1) There is a sequence in the movie where a clon of Sil is created. We see the growth of a little version of the monster inside a glass beaker. The fast growing monster breaks out of the confines of the beaker and chases everybody around the room. This Monster should be 60-90 cm. tall.

VULNERABILITIES
1) In the film, the monster is finally killed by our heroes. In designing Sil, she must have some weaknesses which our heroes can exploit to kill her. Right now, we are vague about what these vulnerabilities are exactly. We have thought she may be vulnerable to excessive sunlight, and this could incapacitate her in some way. Perhaps you may have some ideas of what these vulnerabilities could be.

SIL'S DREAMS/THOUGHTS
1) When Sil is escaping as a ten year old child at the beginning of the movie she is on a train and has thoughts/dreams that give us some bizarre insight into her origine. This should feel very predatory.

2) Cocoon spinning/transformation dream.

3) Sexual frustration/fantasy dreams. While Sil masturbates she dreams of mating. Perhaps Sil could dream of a male and female alien mating. This could be very erotic and weird.

Right now this is as much information as we can think of. It was great to meet you and we look forward to our collaboration on this project.

Regards,

Roger and Frank

C

A: FRANK MANCUSO JR., ROGER DONALDSON UND H.R. GIGER, 1994, FOTO: SANDRA BERETTA, ATELIER GIGER, ZÜRICH

sioneller Regisseur war und aller Voraussicht nach auch ein solches Projekt diszipliniert und zielgerichtet angehen und nie zulassen würde, daß es dramaturgisch aus den Rudern liefe.
Mancuso nahm erneut Kontakt mit mir auf, und wir vertieften die Projektdiskussion. Ich wollte sichergehen, daß genug Geld dasein würde, um Gigers Konzepte im besten Licht erscheinen zu lassen. Mancuso sicherte mir zu, daß das Budget mindestens 30 Millionen Dollar betragen werde, und äußerte die Absicht, einen ansehnlichen Teil dieses Geldes in die Umsetzung von Gigers Entwürfen zu investieren. Er sagte auch, daß SPECIES von den MGM-Leuten als eines der entscheidenden Projekte für die erhoffte Rückkehr in die vorderen Ränge der Hollywood-Filmproduktion betrachtet werde. Ich stellte klar, daß wir Giger nicht in eine Situation bringen wollten, wo das meiste Geld in die trügerische Hoffnung auf die Zugkraft eines großen Namens gesteckt würde und die für das Genre lebenswichtigen Effekte darüber zu kurz kämen. Die besten Filme dieses Genres entstanden immer dann, wenn die Besetzung Ensemblecharakter hatte und ein Großteil der finanziellen Mittel in die Ausgestaltung einer Kreatur und in die sie umgebenden Dekors und Effekte floß. Mancuso teilte diese Ansicht, was dann später auch im gelungenen Casting für SPECIES zum Ausdruck kam. Nachdem wir uns grundsätzlich einig schienen, wurde beschlossen, daß er und Donaldson baldmöglichst nach Zürich fliegen sollten, um mit Giger zu sprechen. Danach sollte dann ein Vertragsentwurf ausgearbeitet werden.
In mehreren längeren Telefongesprächen informierte ich Giger über den Stand der Dinge. Er selber war damals sehr besorgt über den schlechten Gesundheitszustand seiner Mutter Melly. Er erzählte mir, wie er sie bei einem seiner häufigen Besuche mit dem Michael Jackson-Video «Bad» und mit seiner eigenen Version von Michaels berühmtem «Moonwalk» etwas aufgeheitert hatte.
Immerhin hatte das MGM-Projekt sein ernsthaftes Interesse gefunden, und in der Folge diskutierten wir eine ganze Reihe von konzeptionellen Ideen. Sein größtes Anliegen war, daß seine Designs detailgetreu umgesetzt würden und daß er mit Leuten zusammenarbeiten könne, die keine unaufrichtigen Spielchen mit ihm trieben, wie er das unlängst erlebt hatte. Wie alle großen Künstler neigt auch Giger dazu, von seinen Projekten besessen zu sein. Er ist sich dessen durchaus bewußt und wollte dieses Mal weder viel Zeit noch Energien investieren, bevor alles Nötige geregelt war. Weil er als Künstler sehr populär ist, hat Giger immer genug zu tun und kann sich im Grunde genommen aussuchen, welche Aufträge er annehmen will.
Nach unserem intensiven Gedankenaustausch folgten langwierige Vertragsverhandlungen, und erst dann verschrieb sich Giger dem Projekt mit jener konzentrierten Anteilnahme und ungebremsten Energie, die wir von ihm gewohnt sind.

James R. Cowan

11

11: ERSTE ZEICHNUNG FÜR SIL, SIL UND EIN OPFER, 12.2.1994, FILZSTIFT AUF PAPIER, 22.7 X 16 CM

SIL

H.R. GIGER MIT SEINER GEISTERBAHN IM GARTEN SEINES HAUSES IN ZÜRICH

Alles begann mit einem Telefonanruf meines amerikanischen Freundes und Verlegers James R. Cowan. Er berichtete mir von einem langen Gespräch, das er mit dem Filmproduzenten Frank Mancuso jr. geführt hatte. James war von dem Projekt aus demselben Grund angetan wie ich sofort auch: Hier ergab sich für mich die Gelegenheit, eine Kreatur zu entwerfen, die nicht einfach beunruhigend und furchterregend wirkt, sondern gleichzeitig schön, elegant und sehr weiblich ist – ähnlich, wie ich diese exotisch-biomechanischen Frauengestalten schon in meinen Bildern dargestellt hatte. Mir gefielen die feinsinnigen Design-Möglichkeiten, die sich daraus ergaben, daß die zu schaffende Kreatur nicht nur außerirdisch zu sein hatte, sondern auch menschliche Züge tragen sollte. Es war dieses «Die-Schöne-und-das-Biest»-Potential, das mich restlos überzeugte und zum Mitmachen bewog. Kam dazu, und das war sehr wichtig, daß der Produktion offenbar genügend Mittel zur Verfügung standen, um meine Designs stimmig umsetzen zu können und nichts auf die billige Tour gemacht werden mußte.

Kurze Zeit nach Cowans Anruf besuchten mich Roger Donaldson, ein erfahrener Regisseur von Abenteuer- und Thrillerfilmen, und Produzent Frank Mancuso jr., der die FREITAG, DER 13.-Filme gemacht hatte, in Zürich, um mit mir die Details der Arbeiten zu besprechen, die ich übernehmen sollte. Ich erkannte schnell, daß Frank ein exzellenter Kenner des Horrorfilm-Genres ist und viel Erfahrung im Herstellen solcher Produkte hat. Roger Donaldson hingegen hatte noch nie einen Science-fiction-Film gedreht, aber ich spürte, daß er sein Bestes geben würde, um einen dichten, handwerklich soliden Film zu machen. Mancuso versprach, mich jeden Abend anzurufen, um mit mir über die Projektentwicklung zu diskutieren und mich über die Fortschreibung von Dennis Feldmans Filmstory zu infor-

63

64

65

36

FOTO: STEVE BONGE

63, 64 + 65: ZEICHNUNGEN FÜR SIL, DIE VERWANDLUNG VON SILS KOPF (STUDIE), 22.4.1994, BLEISTIFT AUF PAPIER, 29.7 X 21 CM

36: ZEICHNUNG FÜR SIL, DIE VERWANDLUNG VON SIL, 1994, FETT- UND FILZSTIFT AUF PAPIER, 29.7 X 21 CM

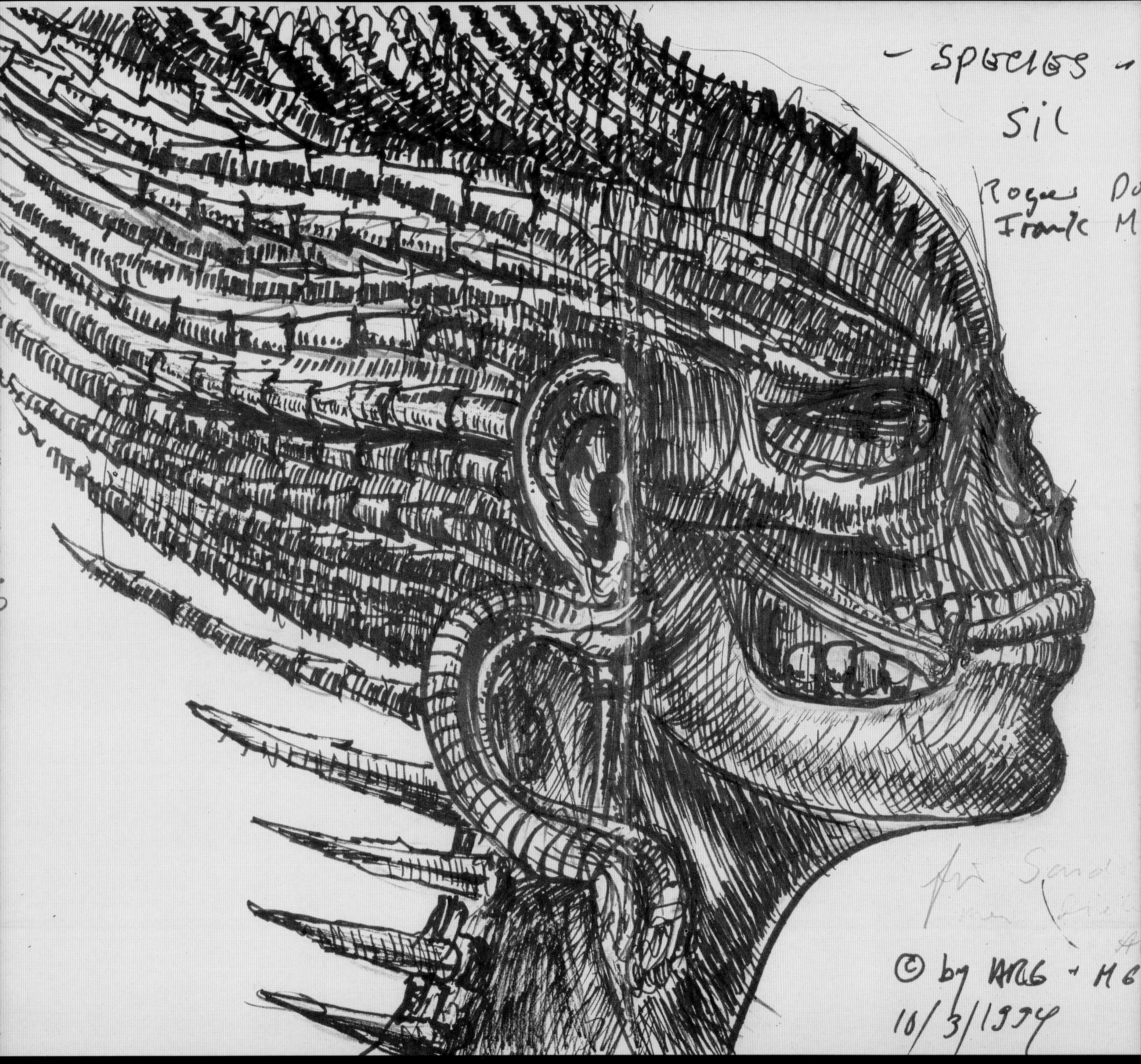

56: ZEICHNUNG FÜR SIL, DIE VERWANDLUNG VON SIL, 1994,
FILZSTIFT UND BLEISTIFT AUF PAPIER, 29.7 X 40.3 CM

mieren. Diese Vorgehensweise gab mir Gelegenheit, eigene kreative Vorschläge und Vorstellungen einzubringen. Ich liebe es sehr, gleichzeitig auf verschiedenen Ebenen kreativ zu sein. Das Hollywood-Establishment arbeitet allerdings lieber mit hochspezialisierten Fachleuten, weil man glaubt, wirklich gute Arbeit könne nur von jemandem geleistet werden, der sich auf ein klar umrissenes Fachgebiet beschränkt. Ich denke anders darüber und führe dazu als archetypisches Beispiel gerne Ridley Scott an, der gleichzeitig Meisterregisseur, Kameramann, Beleuchter, Drehbuchautor und vieles mehr ist.

Als ich SPECIES anging, bereitete mir der Gesundheitszustand meiner 89jährigen Mutter großen Kummer. Ich beschloß, die Schweiz nicht zu verlassen und nicht nach Hollywood zu reisen. Ich fühlte, daß es für meine Mutter, die mir soviel bedeutet hat, der letzte Sommer sein würde. Sie lebte eineinhalb Fahrstunden von Zürich entfernt in meiner Geburtsstadt Chur alleine in ihrer großen Wohnung und war stark behindert. Ich pflegte sie jeden Tag mehrmals anzurufen und jede Woche mindestens einmal zu besuchen. Mein Vater war vor 18 Jahren gestorben, und meine Mutter war immer für mich dagewesen, wenn ich irgendwelche Probleme hatte. Sie war stets bestrebt, mir so gut zu helfen, wie sie es eben konnte, und ich bemühte mich, dasselbe für sie zu tun. Ich orientierte sie laufend über meine Projekte, und sie war lebhaft interessiert an allem, was ich machte. Sie stand mir mit guten, wohldurchdachten Ratschlägen zur Seite. Nichts erschüttert mich mehr als die Hilflosigkeit im Alter. Und das Nicht-helfen-Können machte mich krank. Nachdem meine Mutter nach einem Spitalaufenthalt in ihre Wohnung zurückkehrte, mußte sie rund um die Uhr betreut werden.
Die geschilderte familiäre Situation war also der ausschlaggebende Grund dafür, das ich Sil in der Schweiz kreieren wollte. Ich wußte natürlich, daß uns hier die Art von Spezialisten fehlt, die es in Hollywood gibt, aber eine Zeitlang dachte ich dennoch, daß wir eine brauchbare dreidimensionale Form entwickeln könnten. Ich hatte bereits bei zwei anderen Filmprojekten über große Distanzen mitgearbeitet und war mit meinen beschränkten Möglichkeiten der Einflußnahme auf die Umsetzung meiner Zeichnungen und Bilder noch nie zufrieden gewesen.
Telefonisch machte ich mit Frank aus, daß wir auf dem vereinbarten Weg weiterfahren wollten. Ich hatte Angst, daß, wenn ich wie in früheren Zeiten erst detaillierte Bilder mit der Spritzpistole malen würde, das talentierte Team in Hollywood etwas fertigstellen würde, bevor ich selbst meinen komplexen Entwicklungsprozeß abgeschlossen hätte. Ich wollte mir die Freiheit wahren, meine Konzepte entwicklungsmäßig eigenständig voranzutreiben.

67: ZEICHNUNG FÜR SIL, DIE VERWANDLUNG VON SILS KOPF IN VIER PHASEN, 1994, FILZSTIFT AUF PAPIER, 29.7 X 21 CM

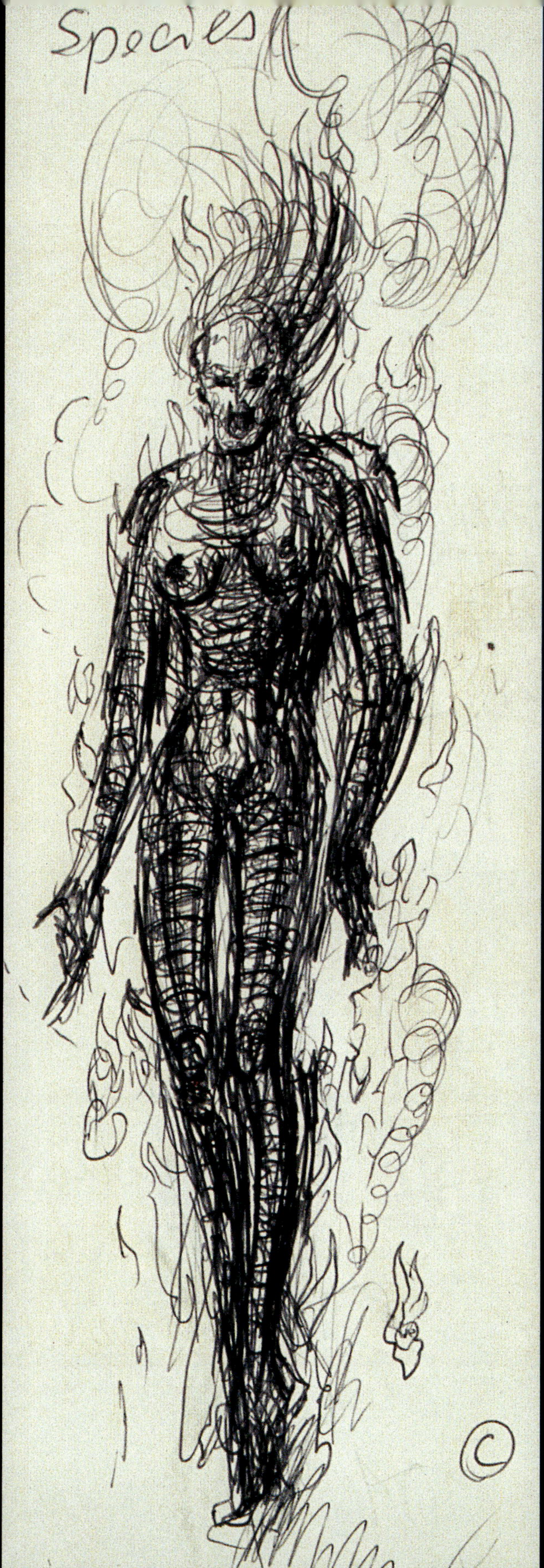

110

68

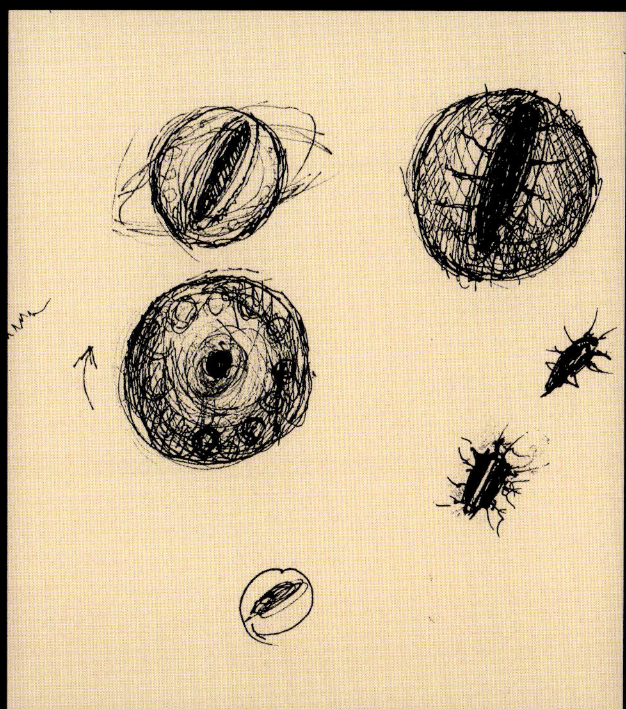

69

87

110: ZEICHNUNG FÜR SIL, DIE VERWANDLUNG VON SIL VOM STADIUM II ZUM STADIUM III, 11.6.1994, KUGELSCHREIBER AUF PAPIER, 29.7 X 19.5 CM

68: ZEICHNUNG FÜR SIL, DIE VERWANDLUNG VON SILS KOPF, 1994, KUGELSCHREIBER UND FILZSTIFT AUF PAPIER, 29.7 X 21 CM

69: ZEICHNUNG FÜR SIL, DIE AUGEN, 1994, TUSCHE AUF PAPIER, 29.7 X 21 CM

87: ZEICHNUNG FÜR SIL, DIE VERWANDLUNG VON SILS KÖRPER, 1994, ÜBERARBEITETE FOTOKOPIE, FILZSTIFT AUF PAPIER, 26 X 9 CM

SIL – DESIGN «FRANKENSTEINS BRAUT»

Im Februar 1994, kurz nach meinem Geburtstag, begann die Vorproduktionsphase. Als Basis diente uns das Skript zu SPECIES und ein komplexes Standardvertragswerk, das die zu erbringenden Leistungen auflistete. Ich stellte mir vor, daß das mysteriöse, halb außerirdische Wesen ungefähr 185 cm groß sein sollte, also ungewöhnlich groß für eine Frau. Zusammen mit meinen Partnern und Freunden Conny de Fries und Andy Schedler beschloß ich, zuerst eine großgewachsene Frau als Modell zu suchen. Aus diversen Gründen wurde Sil ein Frankenstein-Monster oder, besser gesagt, dasjenige seiner Braut: Sil wurde aus Teilen von vier verschiedenen Frauen zusammengesetzt. Ursprünglich verfolgte ich die Idee, Sils Verwandlung von einer schönen, jungen Frau in ein todbringendes schönes Monster in vier Phasen ablaufen zu lassen. Zunächst sollte sie in einem dunklen Rot zu glühen beginnen, dann sollte die Temperatur ansteigen und ihre Tönung ins Orange wechseln, worauf ihre Kleider und Haare verbrennen würden. Gleichzeitig sollten die Rückgrat-Knochendolche aus ihrem Leib hervorbrechen und andere körpereigene Waffen sichtbar werden. In der zweiten Phase hätte man erkannt, daß Sil durchsichtig ist. Und nachdem Sil schwanger geworden ist, wären in der dritten Phase auch ihre inneren Organe zu sehen gewesen – einschließlich des Embryos, das im Mutterleib zwischen ihren Brüsten heranwächst. Ihr etwas massiveres Knochengerüst hätte sich jetzt schwarz verdichtet – wie Kohle in einem Glasfluß. Die vierte Phase schließlich wäre dann die Trübung ihrer Transparenz zurück zur Hautfarbe gewesen. Doch die Arbeiten kamen nicht so voran, wie ich gehofft hatte. Ich war enttäuscht und gestreßt, weil ich erkennen mußte, daß nicht alle Beteiligten denselben Einsatz zu leisten gewillt waren wie ich selber. Ich arbeitete ganze Nächte durch und auch samstags und sonntags. Mancuso, der einen strengen Fahrplan einzuhalten hatte, setzte mich unter Druck. Ich versprach meinen Mitarbeitern mehr Geld, um sie dazu zu bewegen, ihre Arbeitstage zu verlängern. Doch das klappte nicht und führte dazu, daß meine Leute nun ihrerseits gestreßt und frustriert waren, weil sie meine Besessenheit mit dem Projekt nicht nachvollziehen konnten. Daß Mancuso bald einmal enttäuscht war, erstaunte mich nicht. Weil ich ihm per Fax immer nur kleine Sil-Zeichnungen und Skizzen sandte, mit denen auch ein erfahrenes Hollywoodteam nichts anfangen konnte, dachte er wohl, ich sei gar nicht mehr fähig, ein gutes Bild mit der Spritzpistole zu malen. Aufgrund der schlechten Fax-Übermittlungsqualität hatte er Schwierigkeiten, sich ein konkretes Bild von meinen Vorstellungen zu machen, was dringend notwendig gewesen wäre. Ich kann aber nun mal über eine derart komplexe Figur kein bis ins letzte Detail ausgefeiltes Bild malen. Schedler vermißte ein Konzept. Mein Kon-

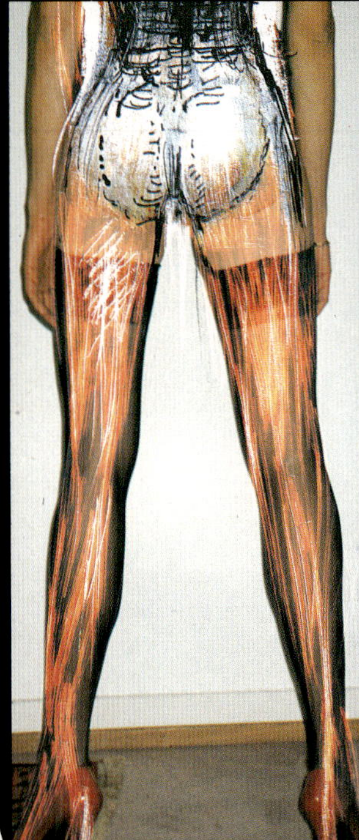
A

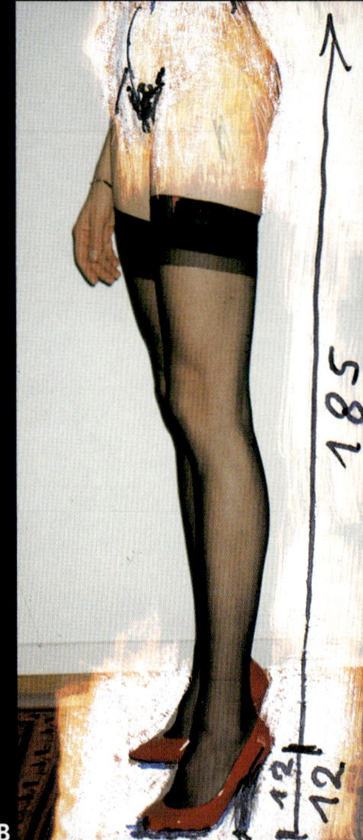

B

C

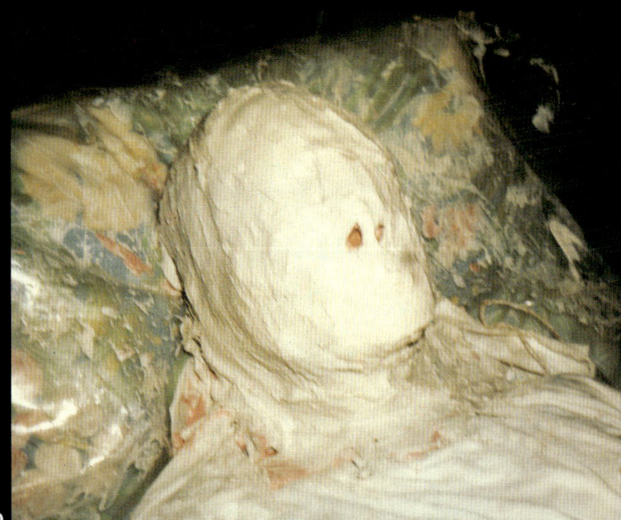
D

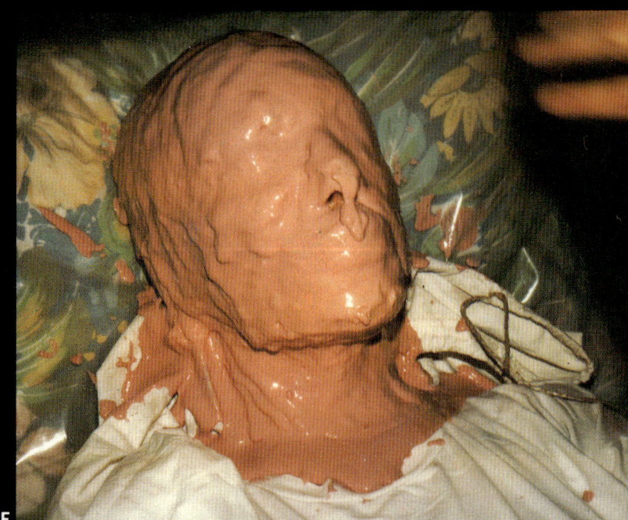
E

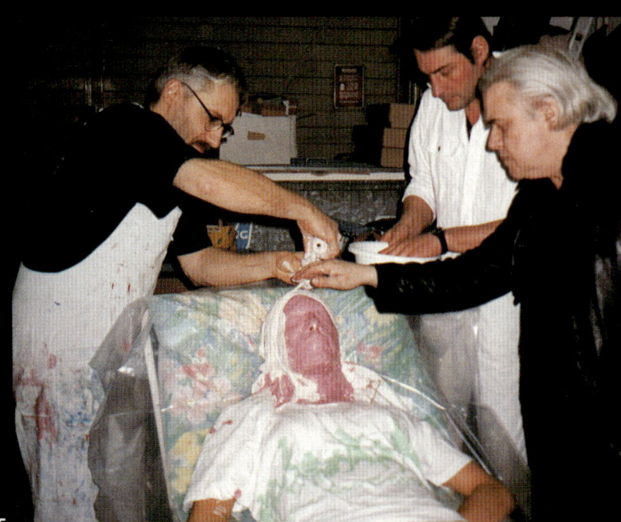
F

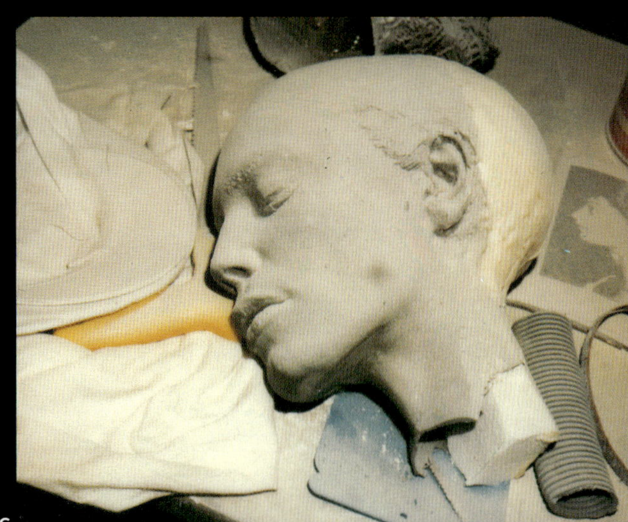
G

A: ÜBERARBEITETE HINTERANSICHT FÜR SIL, 1994, FETT- UND FILZSTIFT AUF FOTO, 11.2 X 4.8 CM
B: ÜBERARBEITETE SEITENANSICHT FÜR SIL, 1994, FETT- UND FILZSTIFT AUF FOTO, 13.1 X 5.3 CM
C: ABGUSS DES UNTERKÖRPERS DURCH ANDY SCHEDLER, MARCO WÜST UND BRIGITTE VON KÄNEL (MODEL: NADIA), 1994
D + E: ABGUSS VON NADINES KOPF, STADIUM I UND II, 1994
F: ABGUSS-TEAM: CONNY DE FRIES, ANDY SCHEDLER, H.R. GIGER UND NADINE ALS MODEL, 1994
G: ABGUSS VON NADINES KOPF, POLYESTER, 1994

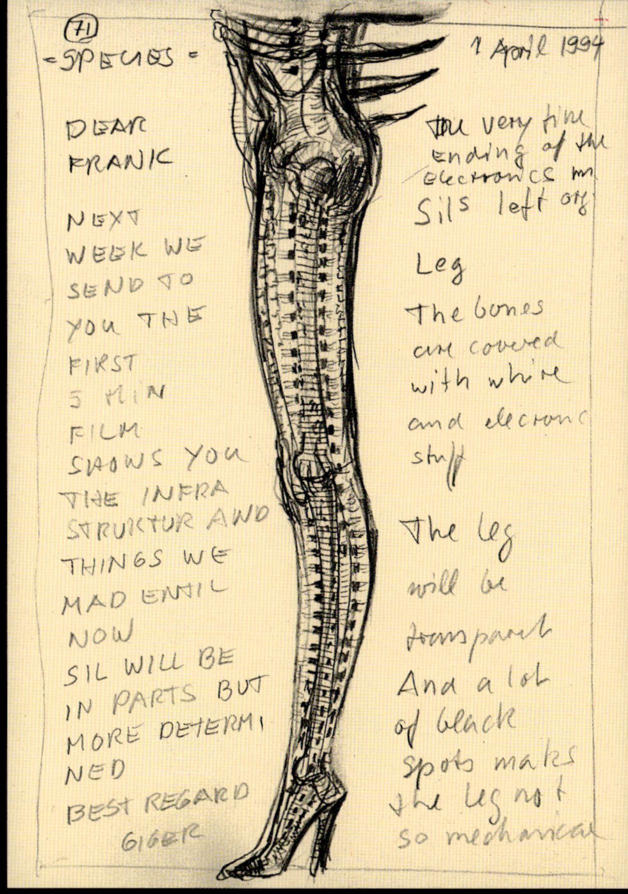

71

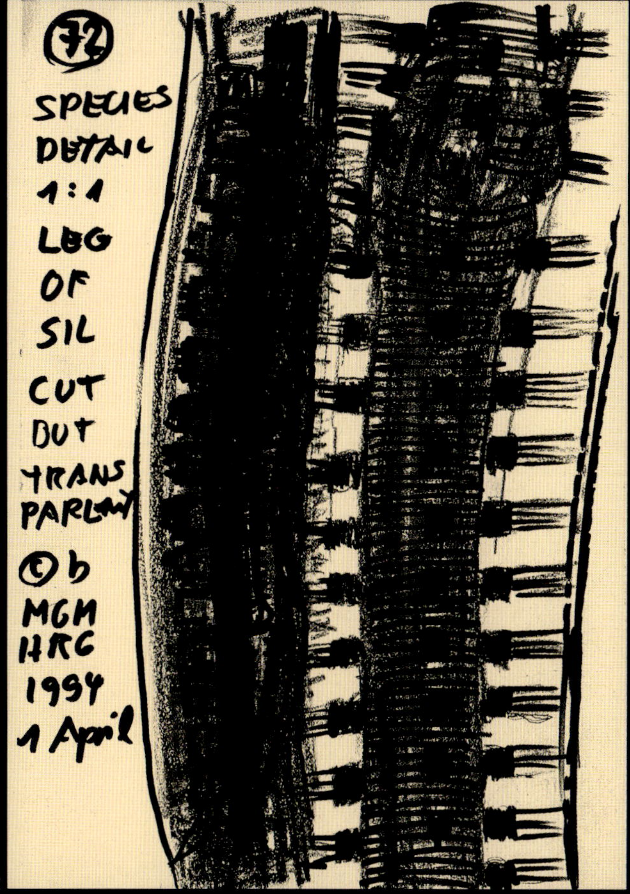

72

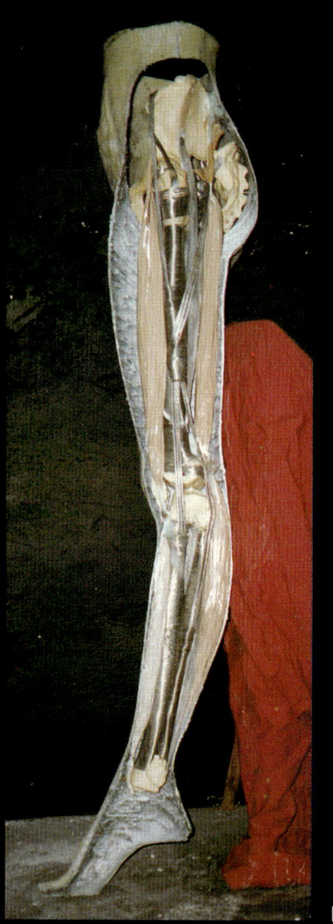
H

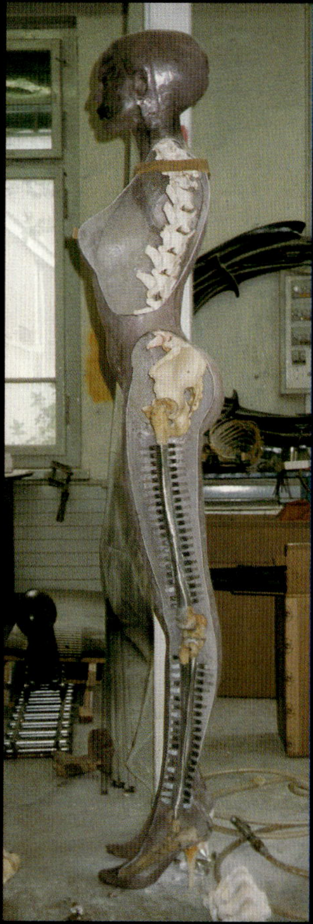
I

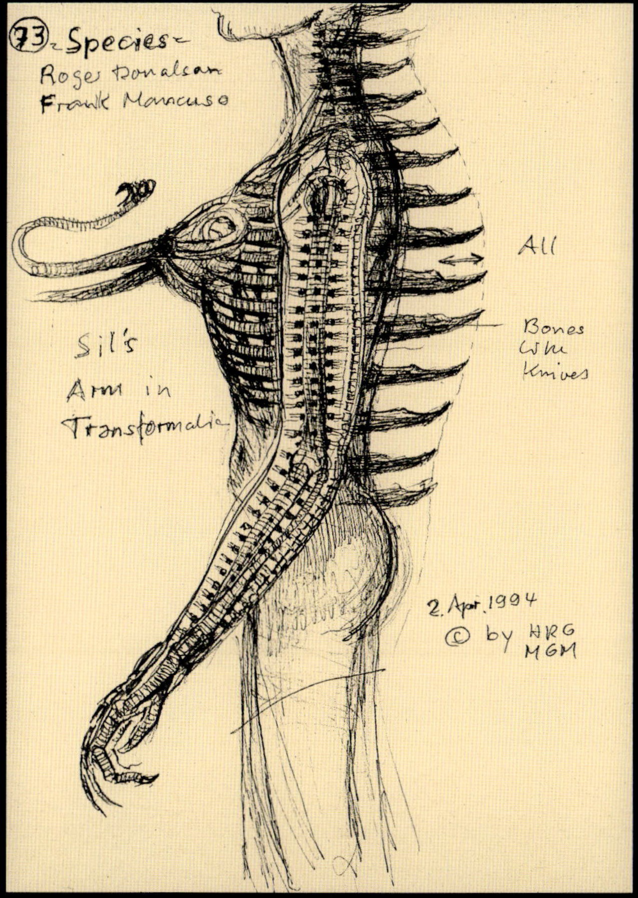

73

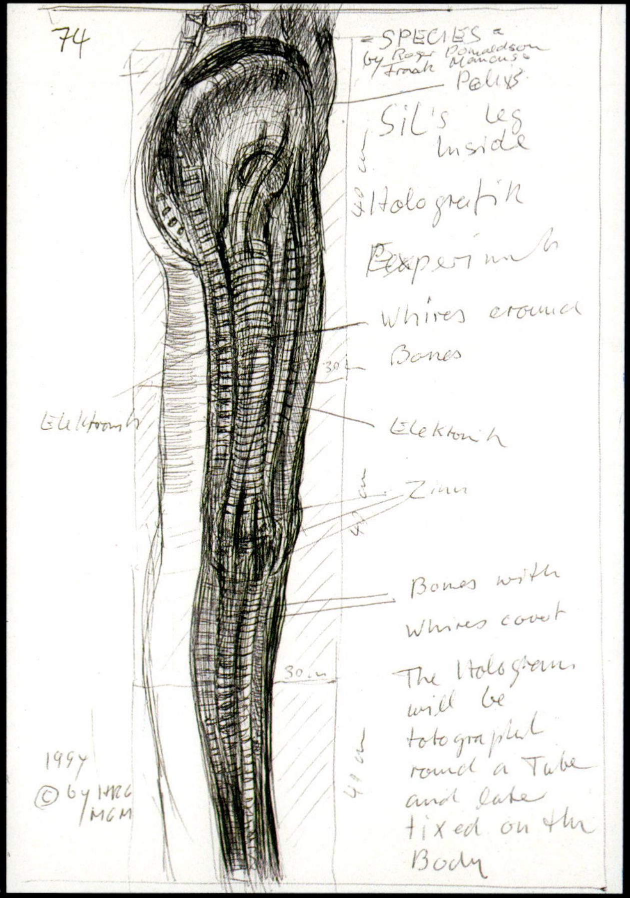

74

J

71: ZEICHNUNG FÜR SIL, DIE VERWANDLUNG VON SILS BEIN, 1.4.1994, BLEISTIFT AUF PAPIER, 29.7 X 21 CM

73: ZEICHNUNG FÜR SIL, DIE VERWANDLUNG VON SILS ARM UND BUSEN, 2.4.1994, FILZSTIFT AUF PAPIER, 29.7 X 21 CM

72: ZEICHNUNG FÜR SIL, DIE VERWANDLUNG VON SILS BEIN, DETAIL, 1.4.1994, FETT- UND FILZSTIFT AUF PAPIER, 29.7 X 21 CM

74: ZEICHNUNG FÜR SIL, DIE VERWANDLUNG VON SILS BEIN, 1994, KUGELSCHREIBER AUF PAPIER, 29.7 X 21 CM

H: SILS BEIN, VERSION I, 1994, POLYESTER, GIPS, KNOCHEN UND ZINKDRAHT, FOTO: ANDY SCHEDLER

I + J: SILS KÖRPER, VERSION II, 1994, DURCHSICHTIGER POLYESTER, KNOCHEN UND ZINKDRAHT, FOTOS: ANDY SCHEDLER

zept aber war, daß ich keines hatte. Das Schöpferische kommt erst beim Arbeiten.
Als wir endlich etwas vorzuweisen hatten, machte Franco Diomaiuta von unseren Arbeiten einige Videoaufnahmen und schickte sie Mancuso. Die Zeit drängte, und wir hatten keine Gelegenheit mehr, alles ins Lot zu rücken. Ich hatte immer gehofft, Frank würde uns einen qualifizierten Mitarbeiter schicken, der uns mit dem neuesten Stand der Hollywood-Technik vertraut machen könnte. Das hätte uns geholfen, präziser und effizienter zu arbeiten. (Für die Arbeit an ALIEN hatte ich seinerzeit für die Kreation des Monsters in Originalgröße ein Modellieratelier, eine Gipswerkstatt und einen Gehilfen zur Verfügung. Das Alien-Monster modellierte ich damals fast im Alleingang aus Plastilin. Ich überzog den 1:1-Gipsabguß vom Träger und setzte Metallteile und Röhren ein, und dann wurde der Rest aufgrund meiner Vorarbeiten fertiggestellt.)
Bei unserer Arbeit an SPECIES fühlten wir uns nach einem Besuch der Hollywood-Größen in unserem Atelier alle sehr unbedeutend. Mein Mitarbeiter Andy Schedler war vom Pech verfolgt, und ich hatte einen Autounfall. Alle hatten wir mit Depressionen zu kämpfen. Wir steckten auch viel Zeit in die Entwicklung meiner Zug-Idee, doch die ersten Resultate waren derart schlecht, das wir sie MGM nicht zeigen wollten.
Zürich ist alles in allem eine tolle Stadt, in der sich gut leben läßt. Und die Leute aus meinem Umfeld zeigen mir immer wieder wunderbare, ungewöhnliche Dinge. Ich pflege fast keinen Kontakt zu anderen Künstlern: Ich ziehe die Gesellschaft liebenswerter Frauen vor – insbesondere nach einem so intensiven Besuch wie dem der mächtig beeindruckenden Leute aus Hollywood! Neben Andy waren noch zwei weitere Assistenten für mich tätig. Ich berappte das alles aus meiner eigenen Tasche, da der Standardvertrag, den mir MGM vorgelegt hatte, nach drei Monaten immer noch nicht so weit gediehen war, daß ich ihn hätte akzeptieren können und es ohne Unterschrift auch kein Geld gab. Andy und seine Leute waren skeptisch, ob der Film überhaupt zustande käme, was der Arbeitsethik auch nicht gerade förderlich war. Fast schien es, als würde ein Fluch auf uns lasten. Die Summe sämtlicher Schwierigkeiten verunmöglichte es mir, Frank fristgerecht zu liefern, was ich ihm am Telefon versprochen hatte.
Was nun Sil betraf, so mußte ich auf das reale weibliche Modell warten, bevor ich mit der Arbeit am heiklen transparenten Design beginnen konnte. Die Qualität unserer Abgüsse war zwar annehmbar, aber die Abgüsse waren aus Polyesterharz gemacht und nur partiell durchsichtig. Ich sandte keine Fotos davon an MGM, sondern präsentierte ihnen lediglich den Polyesterkörper und einen vakuumgeformten Kopf. Frank und ich waren damals der Meinung, daß die unbewegliche,

A

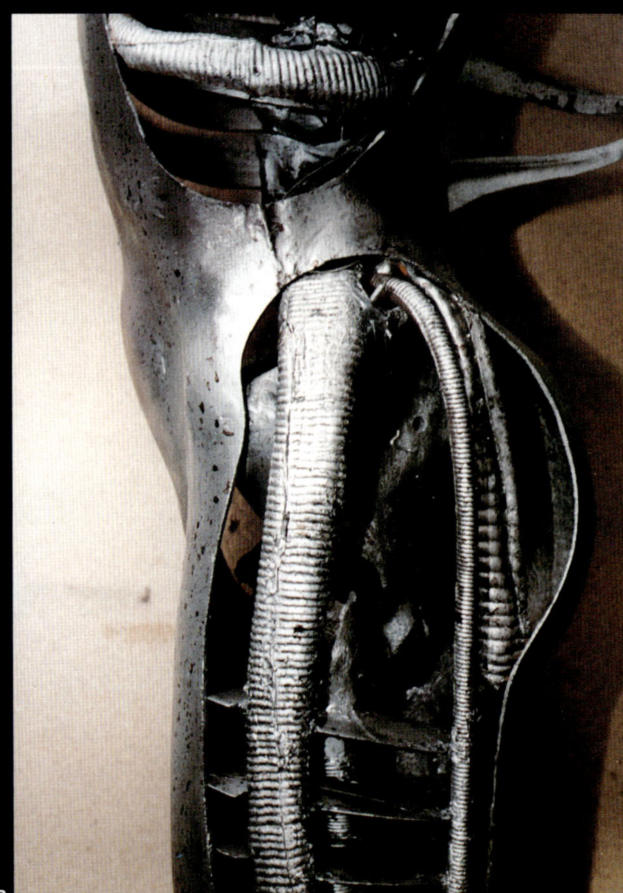
B

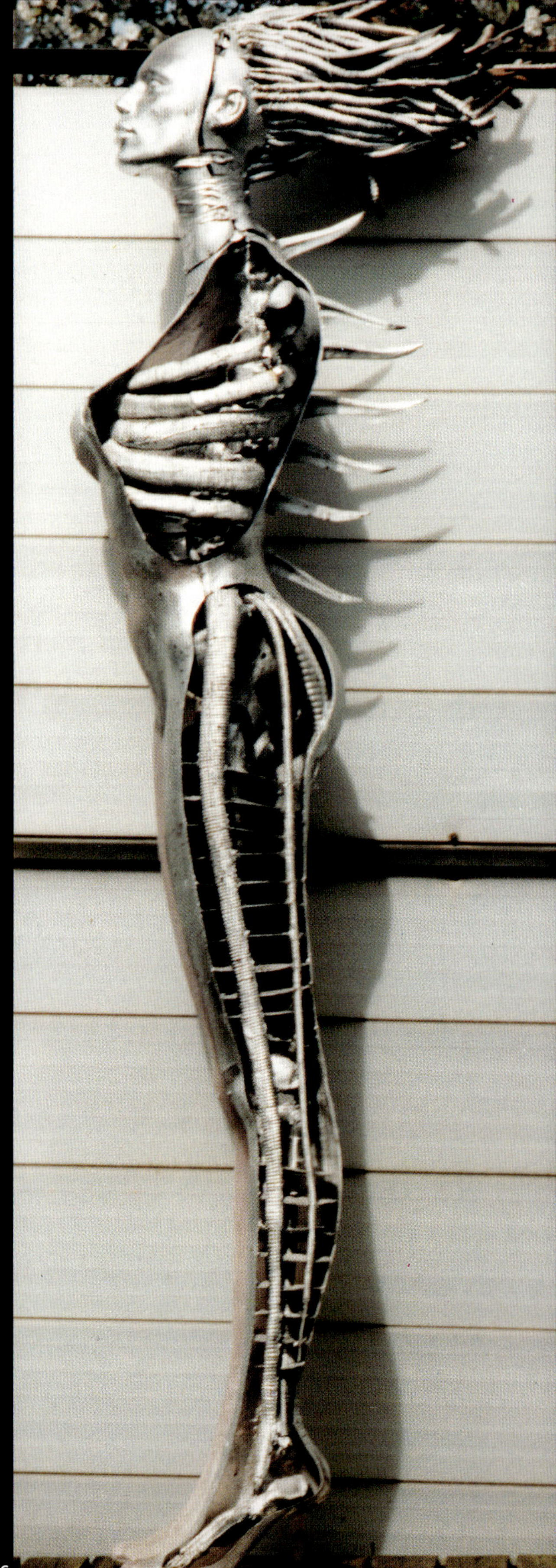
C

A: DANIEL RIESER AN DER ARBEIT AM BEINMODELL FÜR SIL, VERSION III, DURCHSICHTIG, 1994, PLEXIGLAS, KNOCHEN UND ZINKDRAHT, FOTO: ANDY SCHEDLER, FORMART, SCHWEIZ
B: SILS KÖRPER, VERSION IV, DETAILS, 1994, POLYESTER, KNOCHEN UND ZINKDRAHT, FOTO: SASCHA SERFOEZOE, ATELIER GIGER, ZÜRICH
C: SILS KÖRPER, VERSION IV, 1994, POLYESTER, KNOCHEN UND ZINKDRAHT, FOTO: SASCHA SERFOEZOE, ATELIER GIGER, ZÜRICH

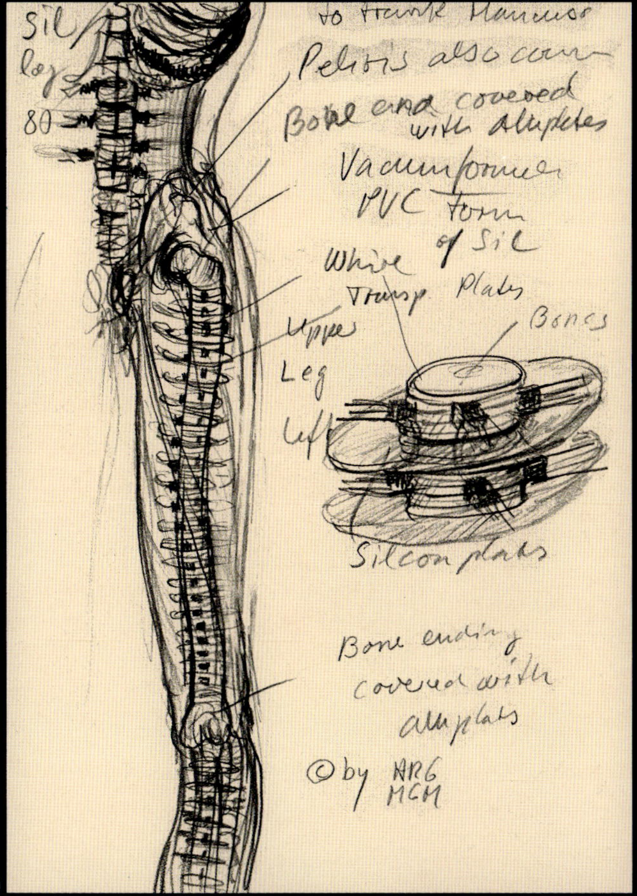

80: ZEICHNUNG FÜR SIL, DIE VERWANDLUNG VON SILS BEIN, 1994, BLEISTIFT AUF PAPIER, 29.7 X 21 CM

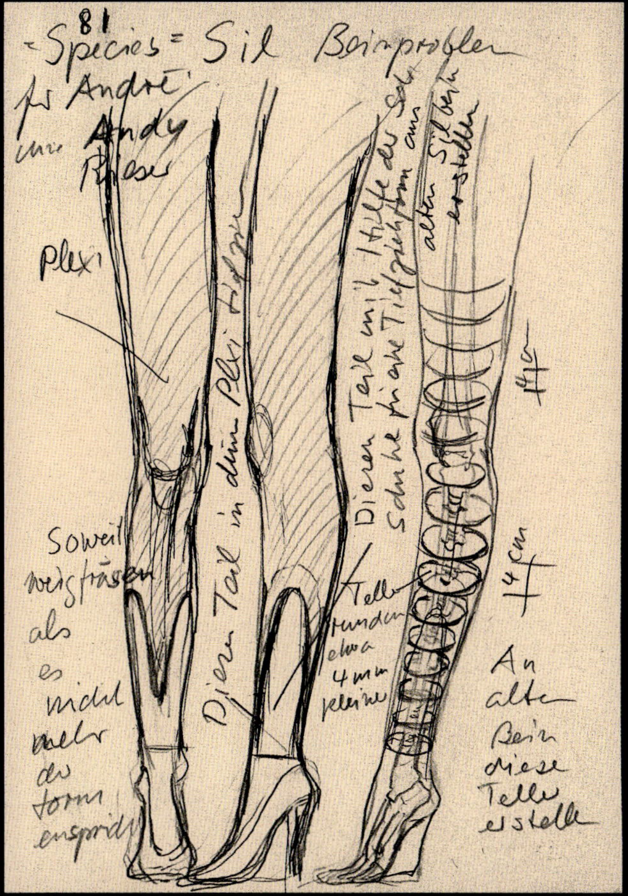

81: ZEICHNUNG FÜR SIL, DIE VERWANDLUNG VON SILS BEIN, 1994, BLEISTIFT UND KUGELSCHREIBER AUF PAPIER, 29.7 X 21 CM

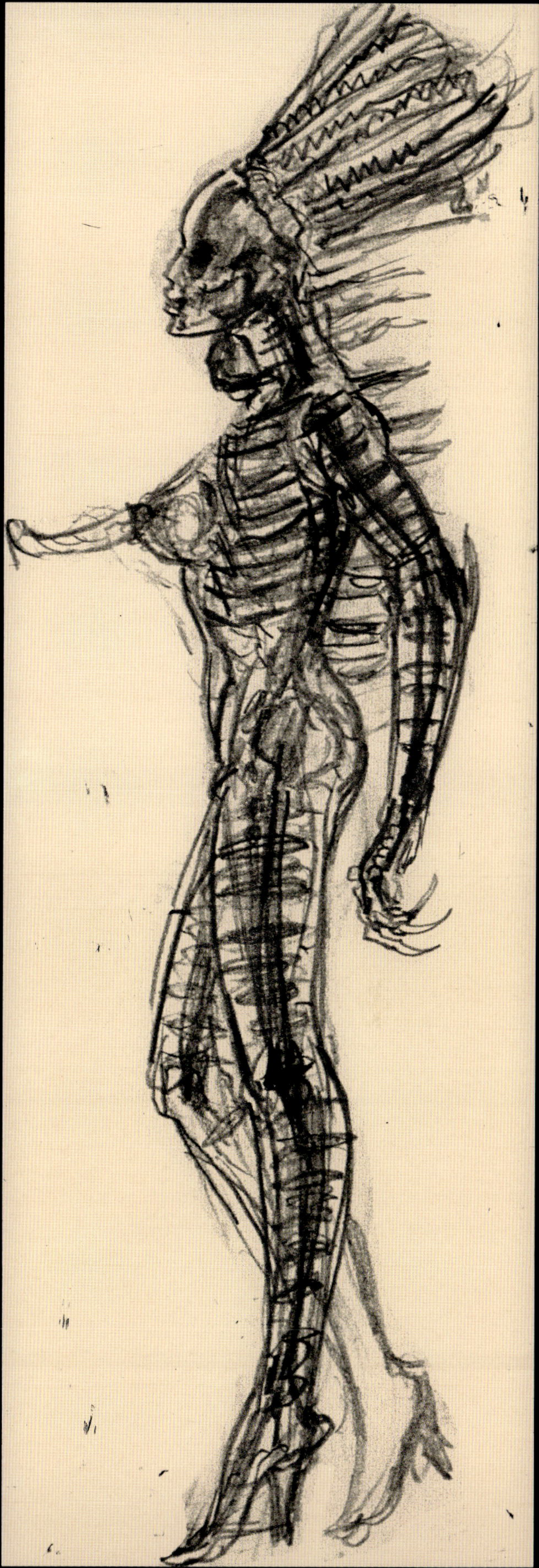

57: ZEICHNUNG FÜR SIL, DIE VERWANDLUNG VON SILS KÖRPER, 16.5.1994, BLEISTIFT AUF PAPIER, 29.7 X 20 CM (AUSSCHNITT)

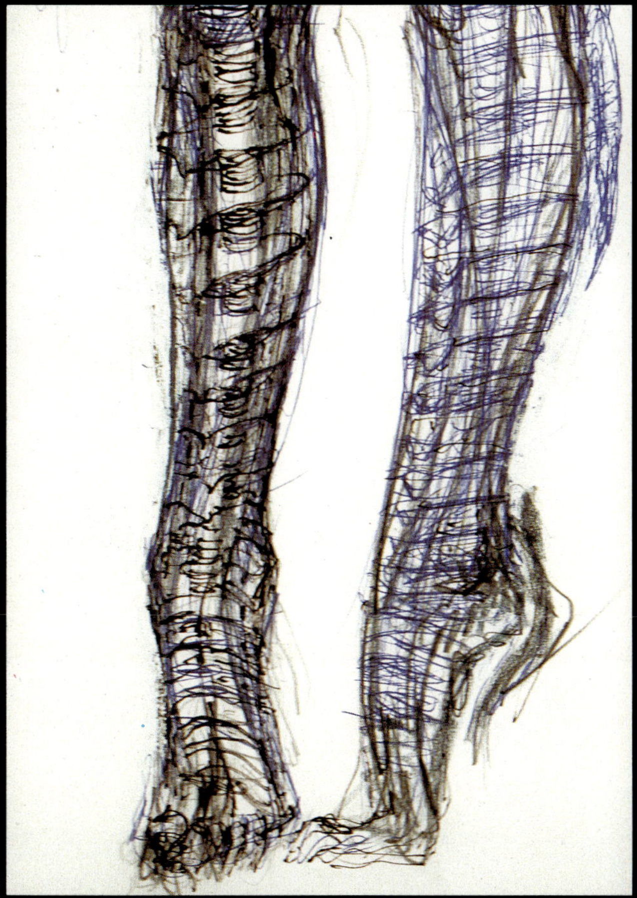

82: ZEICHNUNG FÜR SIL, DIE VERWANDLUNG VON SILS BEIN, 1994, BLAUER KUGELSCHREIBER UND FILZSTIFT AUF PAPIER, 28 X 20.7 CM

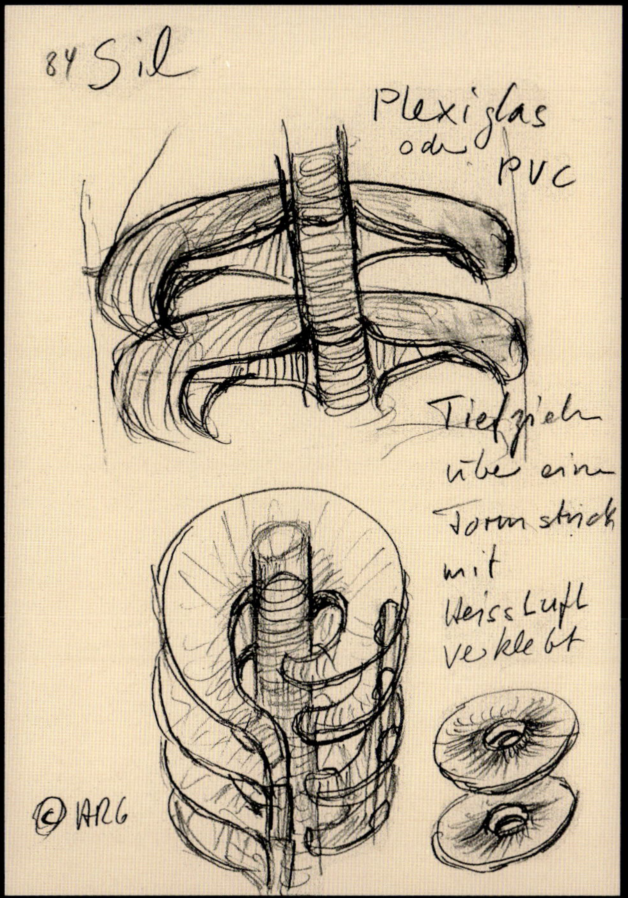

84: ZEICHNUNG FÜR SIL, DIE VERWANDLUNG VON SILS BEIN, DETAIL, 1994, BLEISTIFT AUF PAPIER, 29.7 X 21 CM

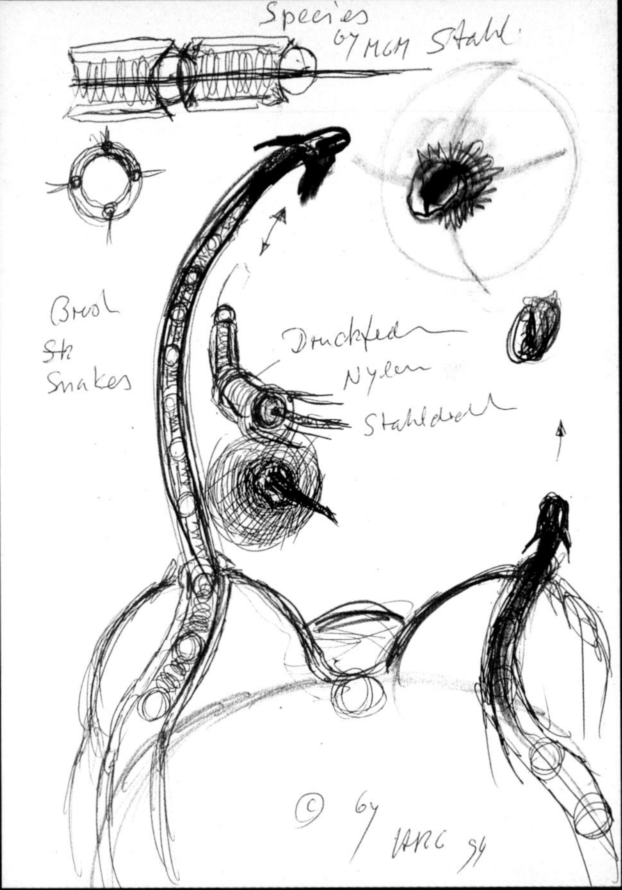

18

11

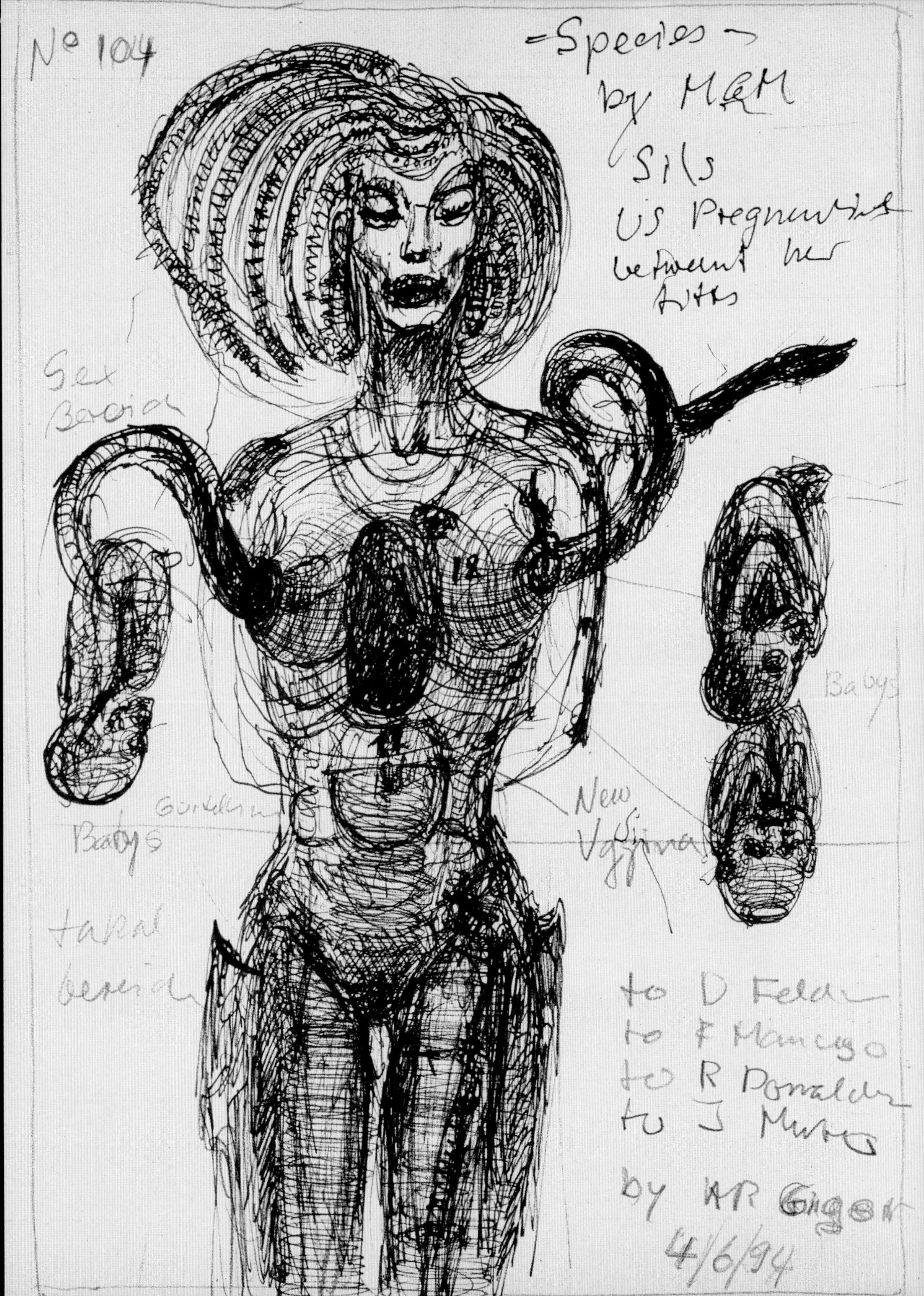

104

118: ZEICHNUNG FÜR SIL, DETAIL DER BRUST, 1994, KUGELSCHREIBER UND BLEISTIFT AUF PAPIER, 29.7 X 21 CM

111: ZEICHNUNG FÜR SIL, 12.3.1994, KUGELSCHREIBER UND BLEISTIFT AUF PAPIER, 29.7 X 21 CM

104: ZEICHNUNG FÜR SIL, SIL IST SCHWANGER, 4.6.1994, BLEISTIFT UND FILZSTIFT AUF PAPIER, 29.7 X 20.3 CM

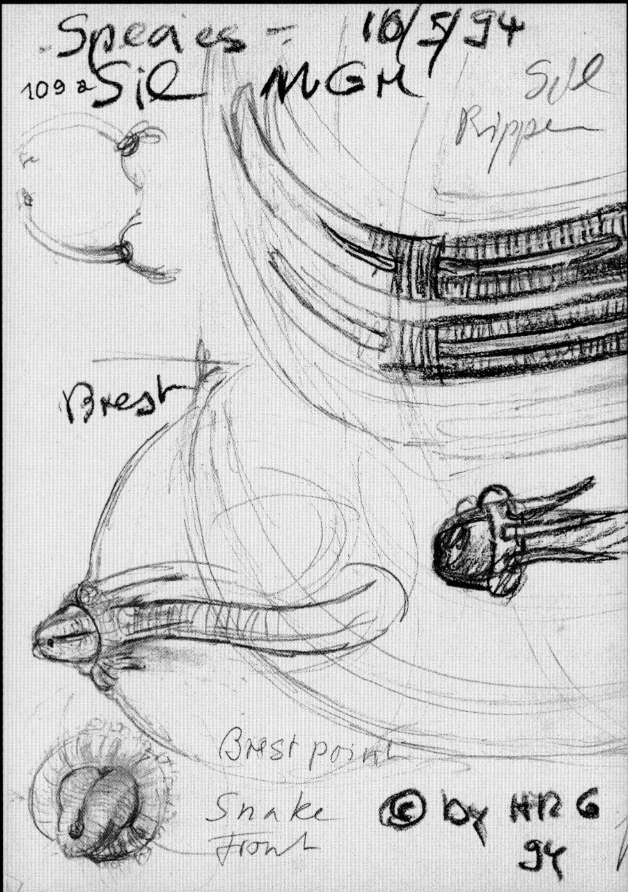

109A

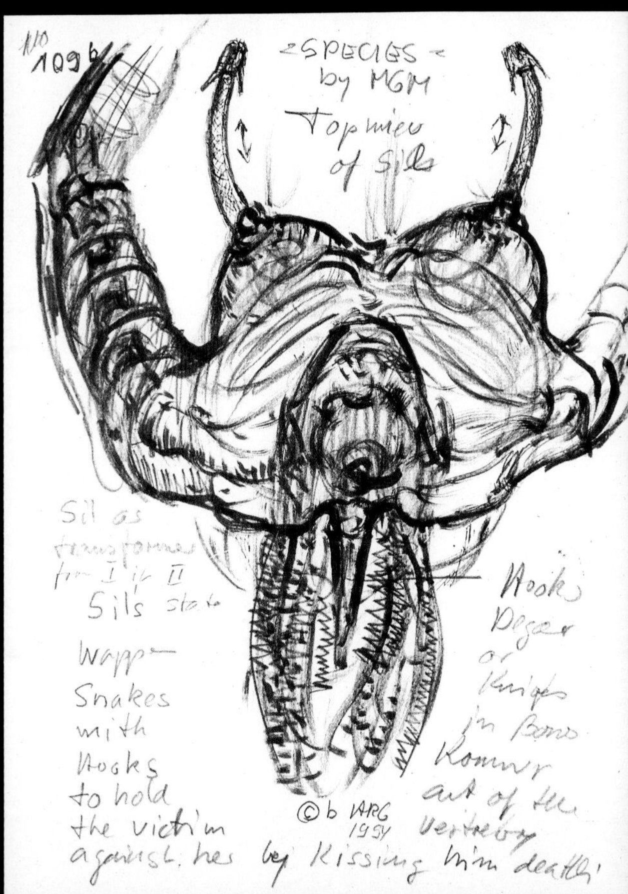

109B

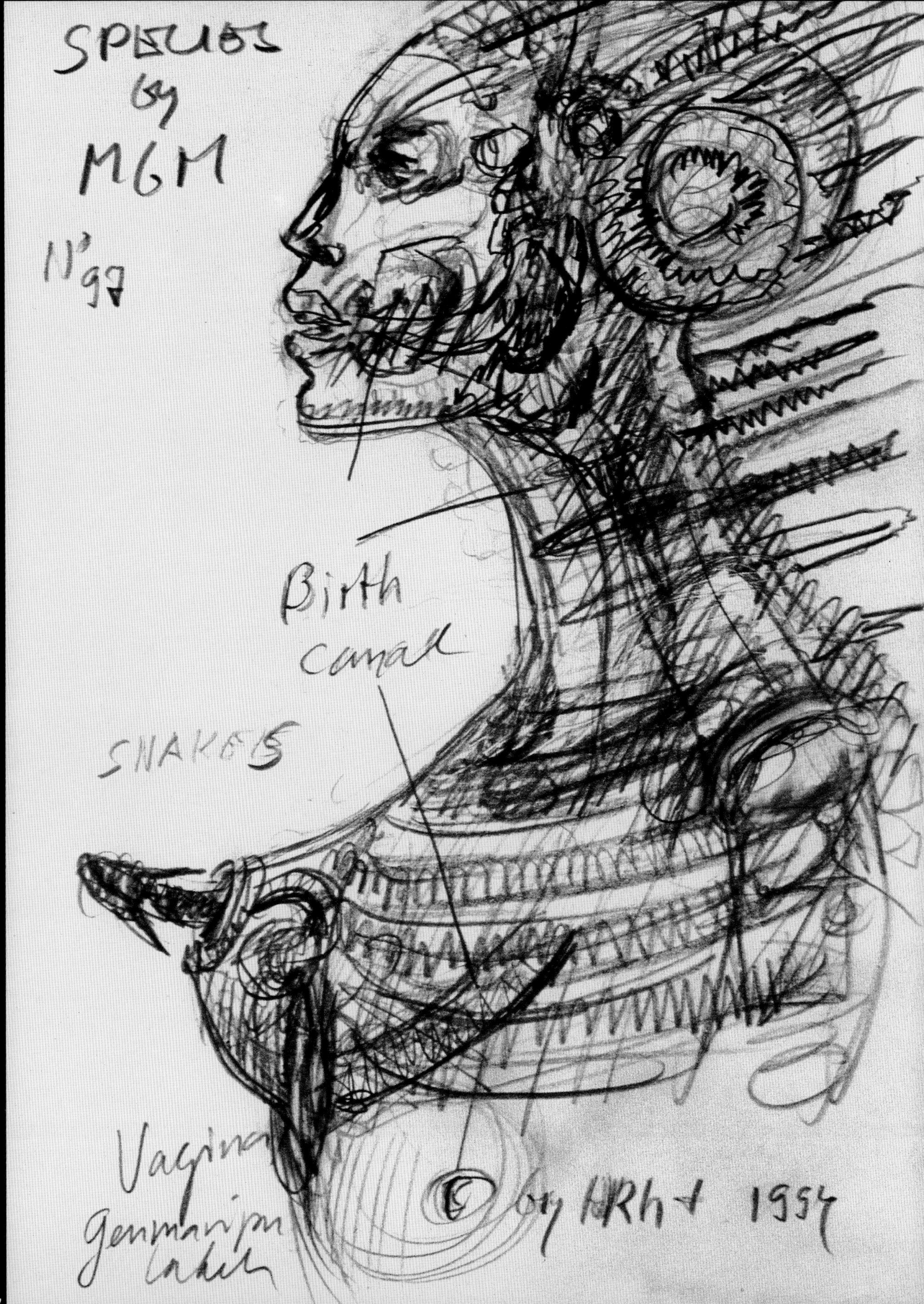

97

109A: ZEICHNUNG FÜR SIL, DETAIL DER BRUST, 10.5.1994, FETT- UND FILZSTIFT AUF PAPIER, 29.7 X 21 CM

109B: ZEICHNUNG FÜR SIL, ANSICHT VON OBEN, 1994, BLEISTIFT UND FILZSTIFT AUF PAPIER, 29.7 X 21 CM

97: ZEICHNUNG FÜR SIL, DIE BRUST, 1994, BLEISTIFT AUF PAPIER, 29.7 X 21 CM

lebensgroße Puppe in dieser Transparenz-Technik zum digitalen Einscannen bei Boss-Film genügen würde. Danach sollte die Puppe dann mittels Computertechnik bewegt werden. Später sah ich, daß eine bewegliche Puppe gebaut wurde, die von Puppenspielern mit Stäben bewegt wurde.
Nach dem Besuch von Mancuso, Feldman, Muto und Donaldson in Zürich wurde mir endgültig klar, daß es nicht möglich sein würde, Sil in Andys Atelier fertigzustellen: Ich war nicht in der Lage, fristgerecht eine transparente Version von Sil abzuliefern. Die US-Delegation war natürlich gekommen, um mich von der Produktion in der Schweiz abzubringen – das war von Anfang an die Absicht von MGM gewesen: Man wollte die Kontrolle über uns haben.
Persönlich war ich schrecklich enttäuscht. Ich hatte einen Haufen Geld ausgegeben, und es hatte mich Nerven gekostet zu vermeiden, MGM mit dem beliefern zu müssen, was sie ursprünglich von mir haben wollten: Spritzpistolenbilder im Maßstab 1:1. Nun war mein Plan, statt dessen eine lebensgroße, dreidimensionale Sil abzuliefern, aus mancherlei Gründen gescheitert. Die wichtigsten Gründe waren Zeitdruck und Geldknappheit, aber wohl auch Angst vor Streß seitens der MGM-Verantwortlichen. Wir befanden uns damals noch in der Vorbereitungsphase, und erst später, als sich das ganze von uns geleistete Arbeitspensum überblicken ließ, wurde auch Mancuso klar, daß man mit fünf Mann keine Wunder vollbringen kann – selbst Steve Johnson mit seinen 30 Mann geriet schließlich in Zeitnot!

A

B

A: DIE VERWANDLUNG VON SILS KOPF, 1994, POLYESTER, METALL, SILIKON UND GUMMI, 40 X 18 X 50 CM, FOTO: H.R. GIGER

B: DIE VERWANDLUNG VON SILS BÜSTE, 1994, POLYESTER, METALL, SILIKON, GUMMI UND HAIFISCHZÄHNE, 64 X 38 X 58 CM, MODEL: NADINE, FOTO: SASCHA SERFOEZOE, ATELIER GIGER, ZÜRICH

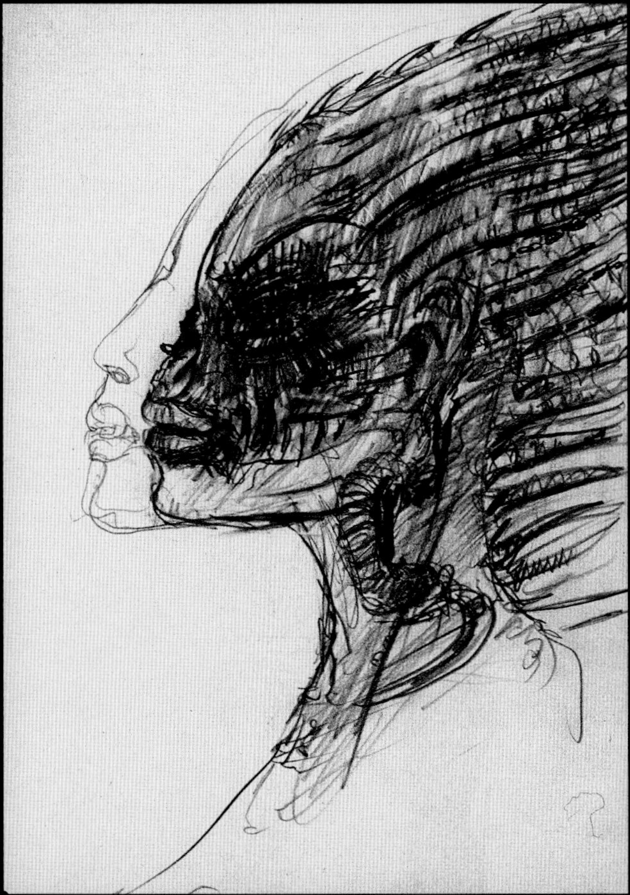

109

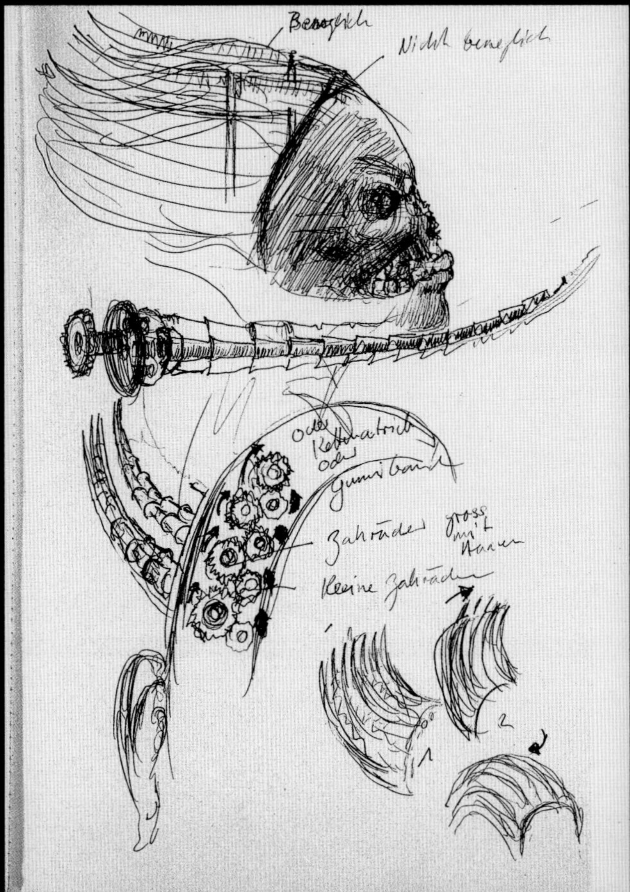

93

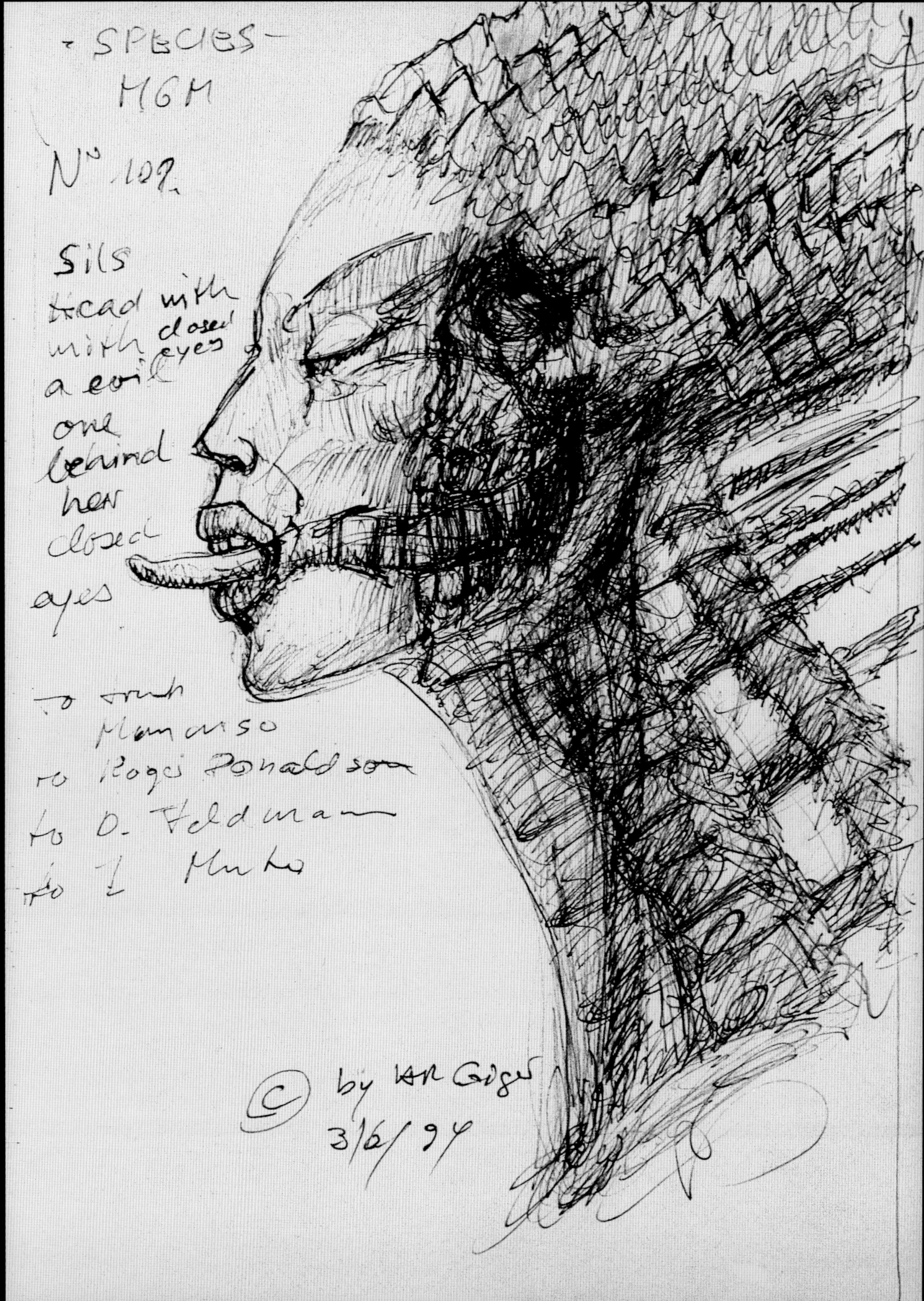

102

109: ZEICHNUNG FÜR SIL, DIE VERWANDLUNG VON SILS KOPF, 1994, BLEISTIFT AUF PAPIER, 29.7 X 21 CM

93: ZEICHNUNG FÜR SIL, DIE VERWANDLUNG VON SILS KOPF, 1994, FILZSTIFT AUF PAPIER, 29.7 X 21 CM

102: ZEICHNUNG FÜR SIL, DIE VERWANDLUNG VON SILS KOPF, 3.6.1994, KUGELSCHREIBER AUF PAPIER, 29.7 X 20.5 CM

Mit zahlreichen Faxsendungen und Telefongesprächen kämpfte ich darum, die geplante Flammenwerferszenen zu eliminieren: Wie konnte eine glühende Frau, eine verwandelte Sil, mit dem Flammenwerfer bekämpft werden?! Ich drang nicht durch, denn seit dem Golfkrieg hat fast jeder Actionfilm einen Showdown zum Höhepunkt, bei dem Menschen im Flammenmeer umkommen. Hollywood liebt das Mittelalter, wo Menschen oft lebendigen Leibes verbrannt wurden.
Der Besuch der vier Herren aus Hollywood hatte Spuren hinterlassen. Andy hatte solche Depressionen, daß er nicht mehr weiterarbeiten wollte. Nachdem unsere Arbeiten vom Videoarchivar Diomaiuta auf Betacam aufgezeichnet und über den großen Teich geschickt worden waren, entschied MGM, die Fabrikation nach Los Angeles zu verlegen. Jetzt kam ich nicht länger darum herum, doch noch Bilder mit der Spritzpistole zu malen, nachdem ich lange gehofft hatte, diesen intensiven Prozeß vermeiden zu können und diesbezüglich auch großes Vertrauen in meine Partner gesetzt hatte. Aber eben: Der Mangel an Erfahrung wird durch gute Absichten nicht aufgewogen, und so waren wir schließlich gezwungen, alles in die Hände von Hollywood zu legen. Dort begann die Arbeit nochmals von vorne, wobei man sich an unseren Vorarbeiten orientierte. Unsere Modelle aus Polyester und vakuumgeformtem Plexiglas vermittelten immerhin eine Vorstellung von dem, was wir angestrebt hatten.
Mancuso hatte ursprünglich bei Tom Burman angefragt, ob er nach meinen Zeichnungen ein kleines Sil-Modell anfertigen könne. Tom hatte für den Film PLANET OF THE APES gearbeitet und auch danach wirklich gute Arbeit geleistet. Als ich dann aber Bilder von seinem Sil-Modell zu sehen bekam, spürte ich sofort, daß dem Modell etwas von der Schönheit abging, die ich anstrebte. Mir gefiel die Gesamtstruktur der Figur, aber die Form des Kopfes erinnerte mich irgendwie an einen Fisch.
Ich weigerte mich starrköpfig, die Segel zu streichen. Roman Güttinger, ein enger Freund und Sammler, empfahl mir einige Leute aus dem CFX-Creative-effects-Shop der englischen Pinewood-Studios. Ich engagierte Steve Wallace, der mir ein Halbmodell von Sil erstellen sollte. Frank Mancuso versprach, mir meine Auslagen zu ersetzen, falls das Resultat zufriedenstellend ausfalle. Leider entsprach auch die Silikonversion aus Pinewood meinen Vorstellungen überhaupt nicht. Zwar illustrierte das Modell aus Metall und transparentem Material meine Idee, und diese Sil war tatsächlich verblüffend durchsichtig. Doch aus meiner Beauty war ein vogelscheuchenartiges Monster geworden, das zwar hervorragend gefertigt war, aber ästhetisch nicht zu überzeugen vermochte: Die Leute waren Monsterbauer und kein Schönheitssalon.

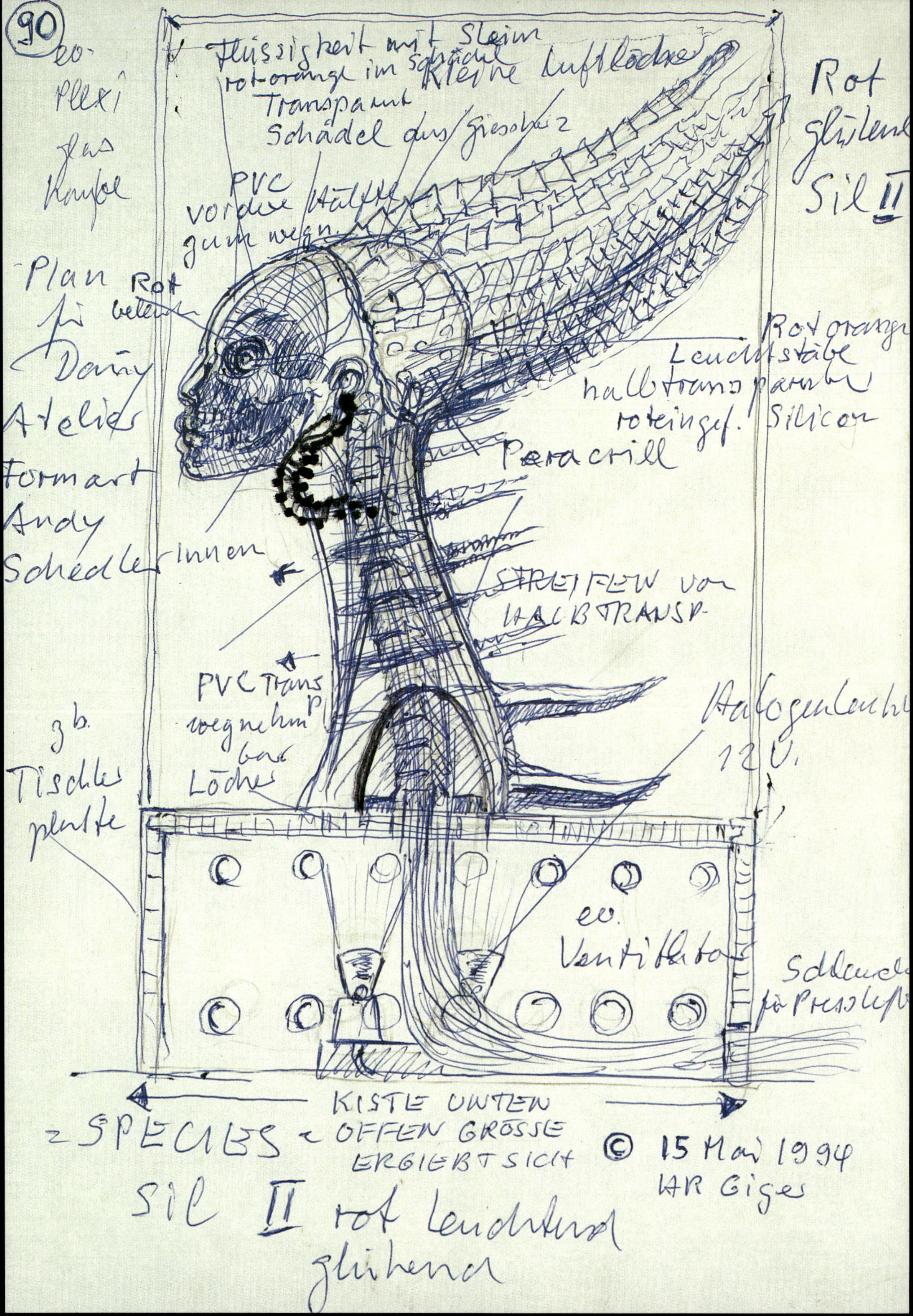

90

90: ZEICHNUNG FÜR SIL, PLAN FÜR 3-D-KONSTRUKTION DER ROTEN SIL II, 15.5.1994, BLAUER KUGELSCHREIBER UND FILZSTIFT AUF PAPIER, 29.7 X 21 CM

A: ROTE SIL II, 1994, SILIKON, PVC, BERACRYL, POLYESTER UND METALL, 64 X 38 X 58 CM, REALISIERT VON ANDY SCHEDLER, FORMART, SCHWEIZ
B–D: SKIZZEN FÜR SILS HAAR, 1994, FILZSTIFT AUF PAPIER

A

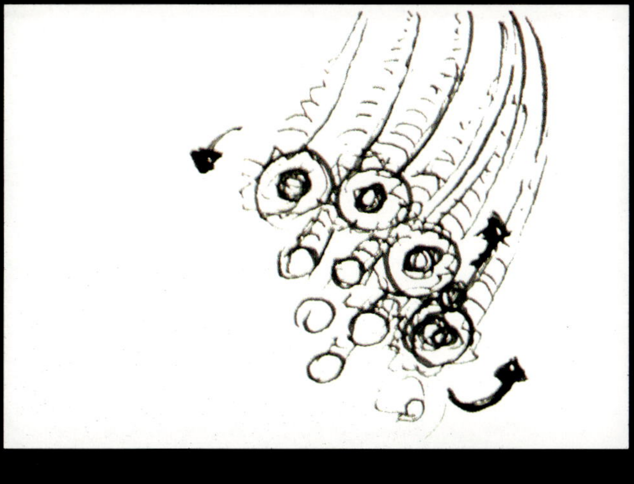

B

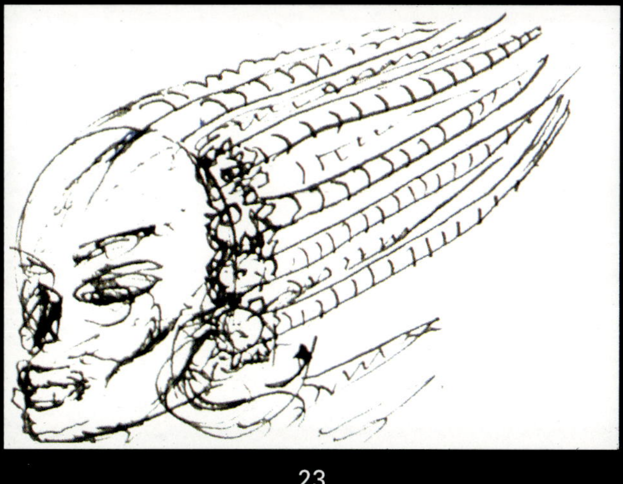

C

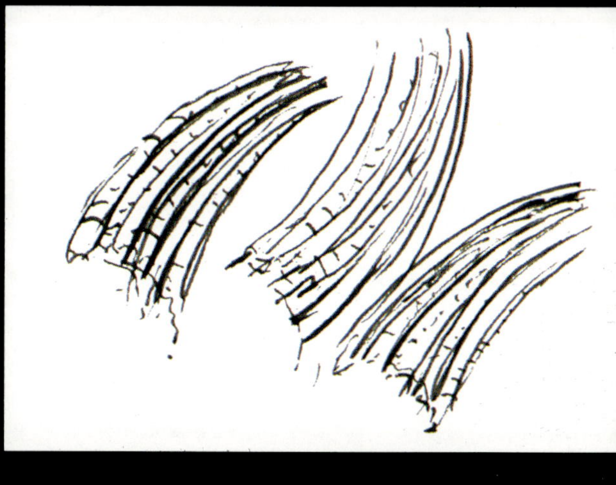

D

A

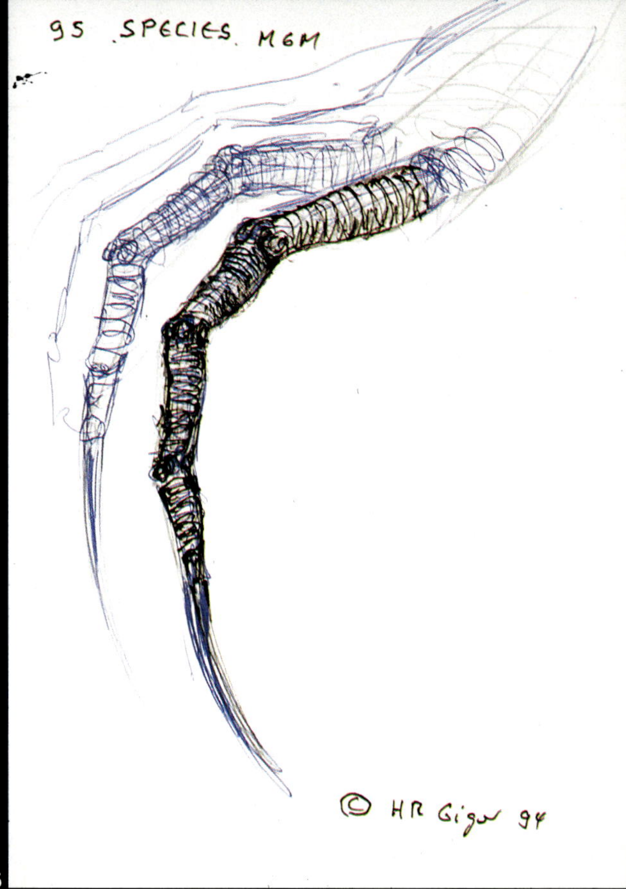

95

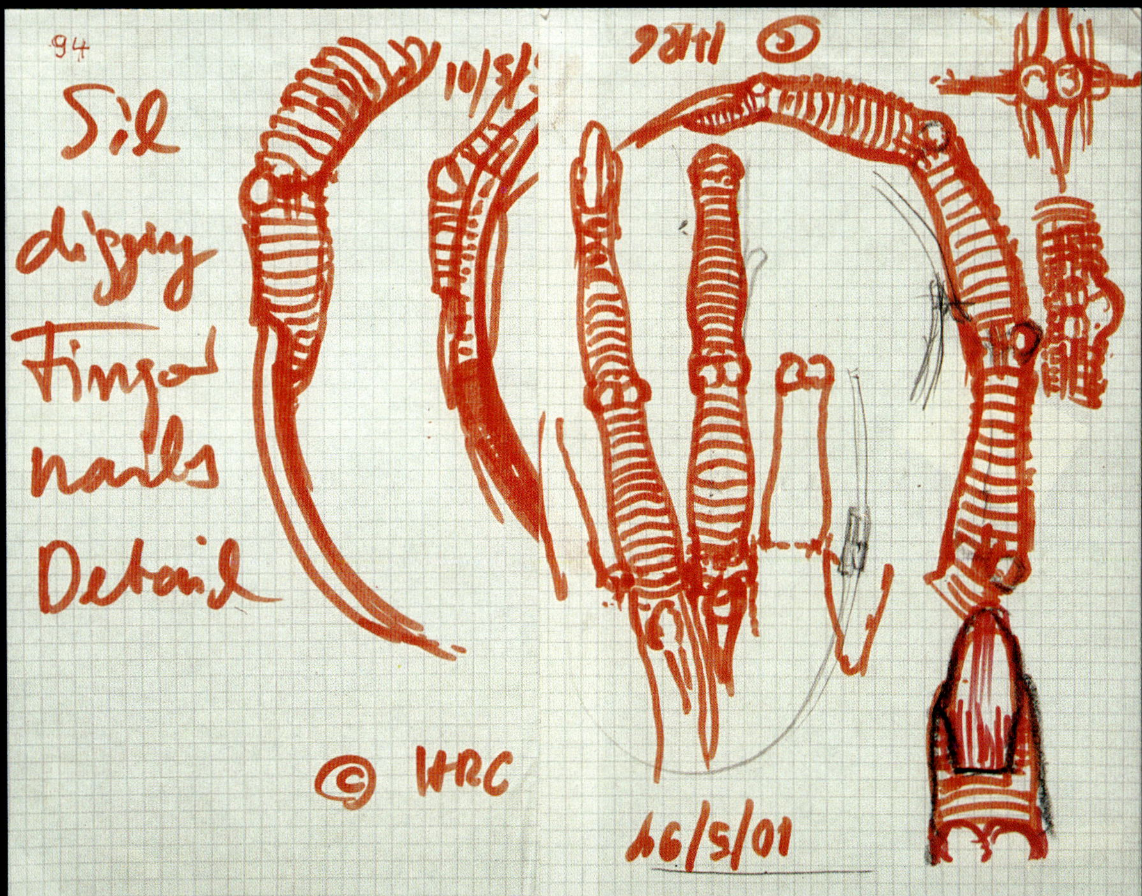

94

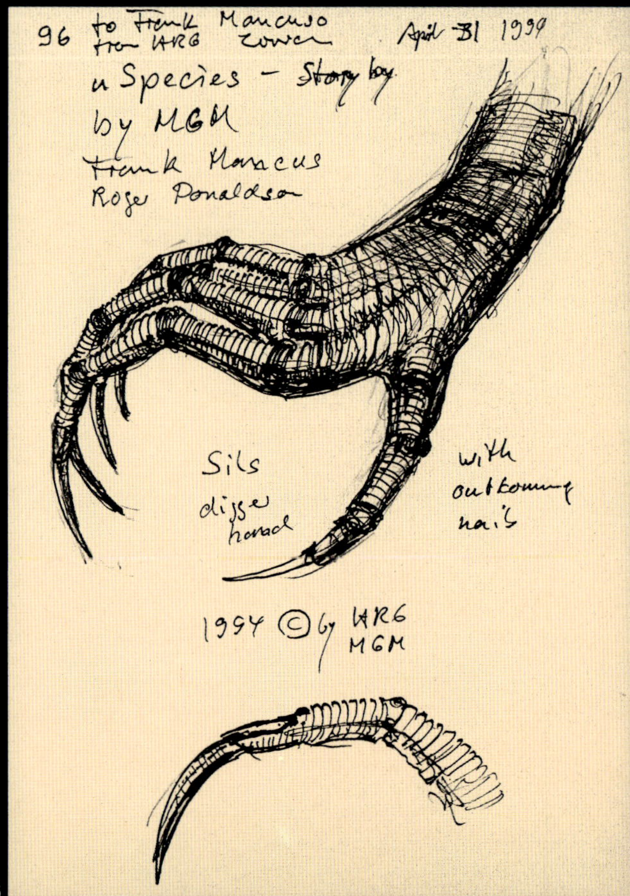

96

A: DIE VERWANDLUNG VON SILS HAND, 1994, KNOCHEN, PVC UND ZINKDRAHT, 14 X 24 X 12 CM,
FOTO: MARCO WÜST, FORMART, SCHWEIZ
94: ZEICHNUNG FÜR SIL, DIE VERWANDLUNG VON SILS HAND, 10.5.1994, FILZSTIFT AUF PAPIER, 20.8 X 27.9 CM

95: ZEICHNUNG FÜR SIL, DIE VERWANDLUNG VON SILS HAND, 1994, FILZSTIFT UND BLAUER KUGELSCHREIBER AUF PAPIER, 28 X 21 CM
96: ZEICHNUNG FÜR SIL, DIE VERWANDLUNG VON SILS HAND, 1994, FILZSTIFT AUF PAPIER, 29.7 X 21 CM

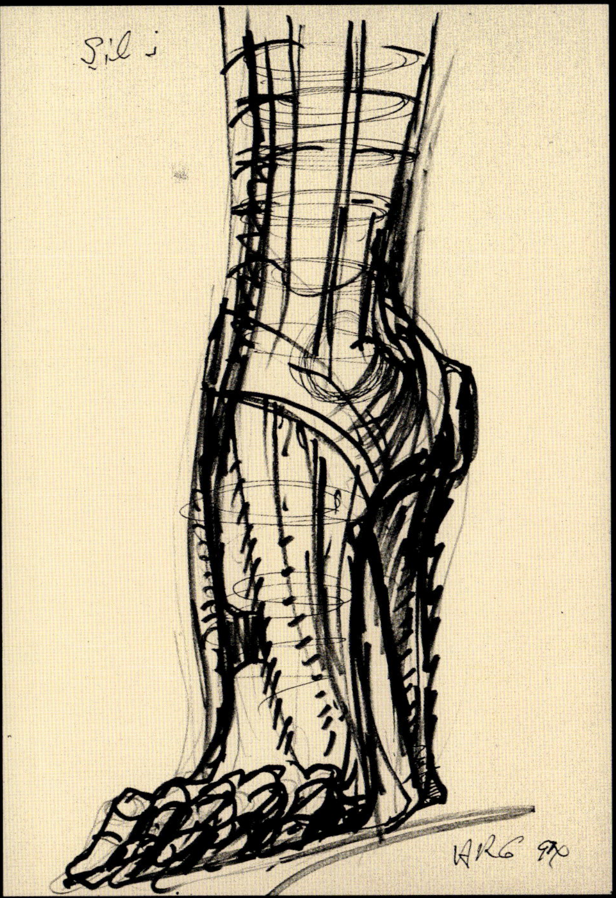

116

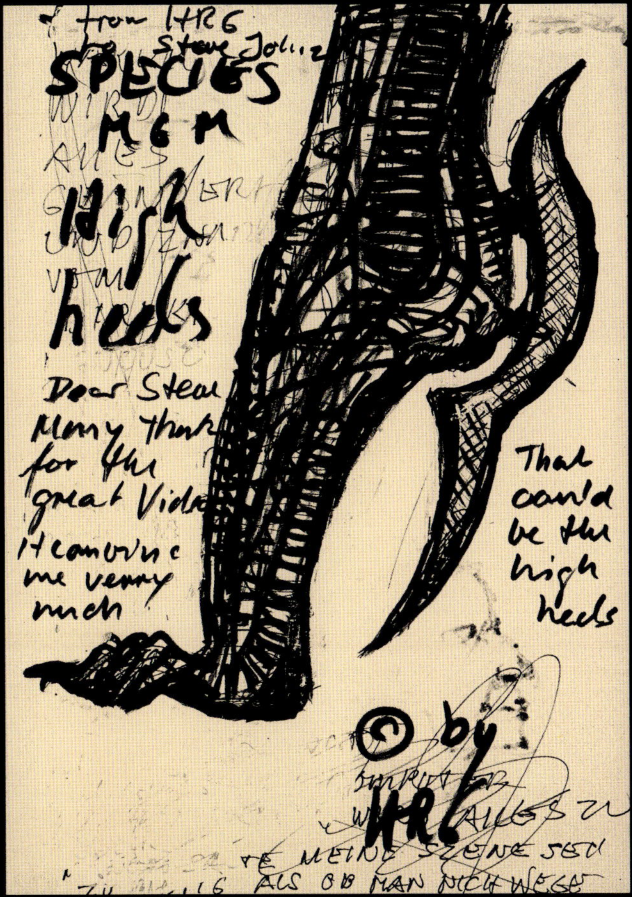

117

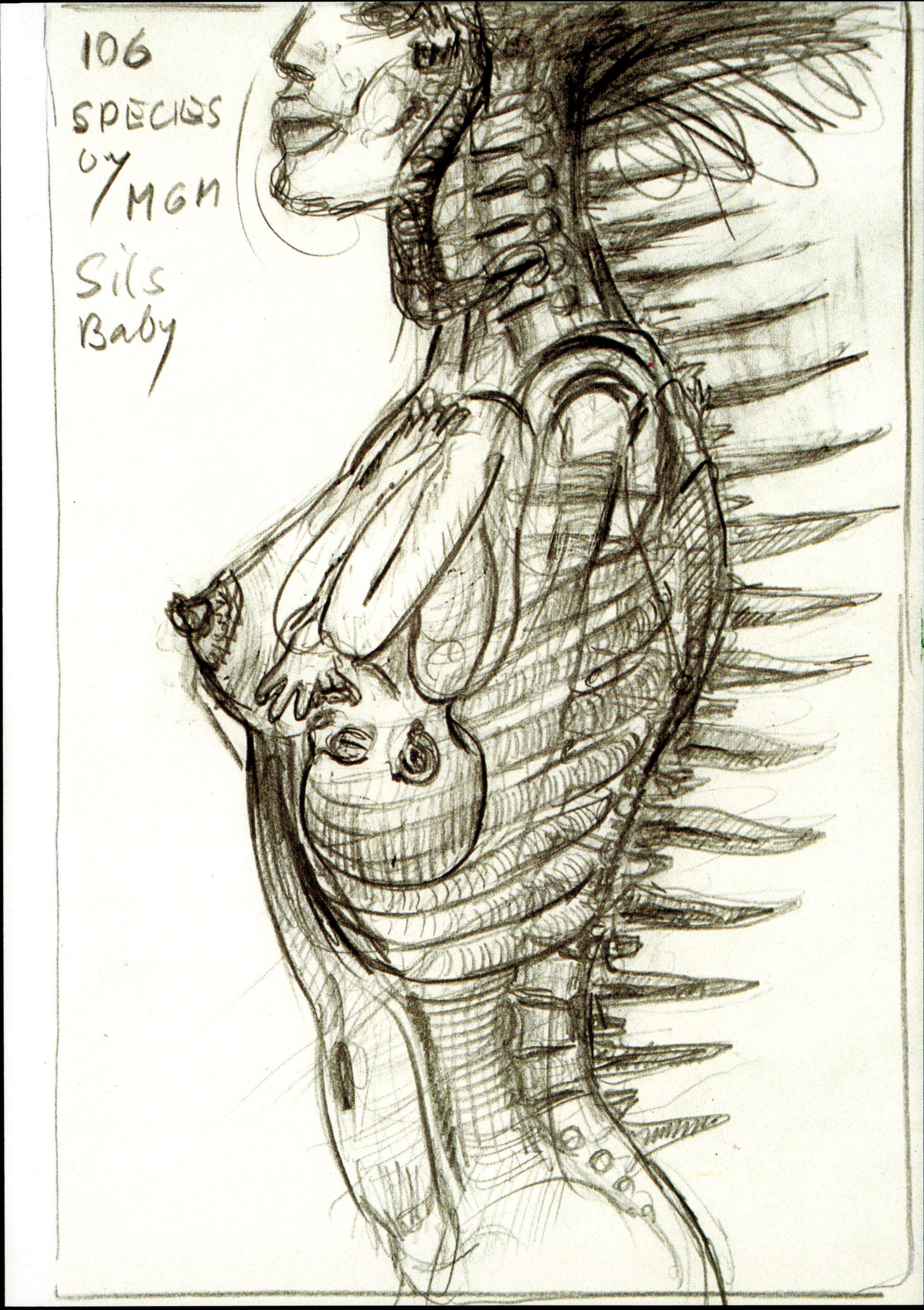

106

116: ZEICHNUNG FÜR SIL, SILS FUSS I, 1994, FILZSTIFT AUF PAPIER, 29.7 X 21 CM

117: ZEICHNUNG FÜR SIL, SILS FUSS II, 1994, FILZSTIFT AUF PAPIER, 29.7 X 21 CM

106: ZEICHNUNG FÜR SIL, SILS BABY, 1994, BLEISTIFT AUF PAPIER, 29.7 X 21 CM

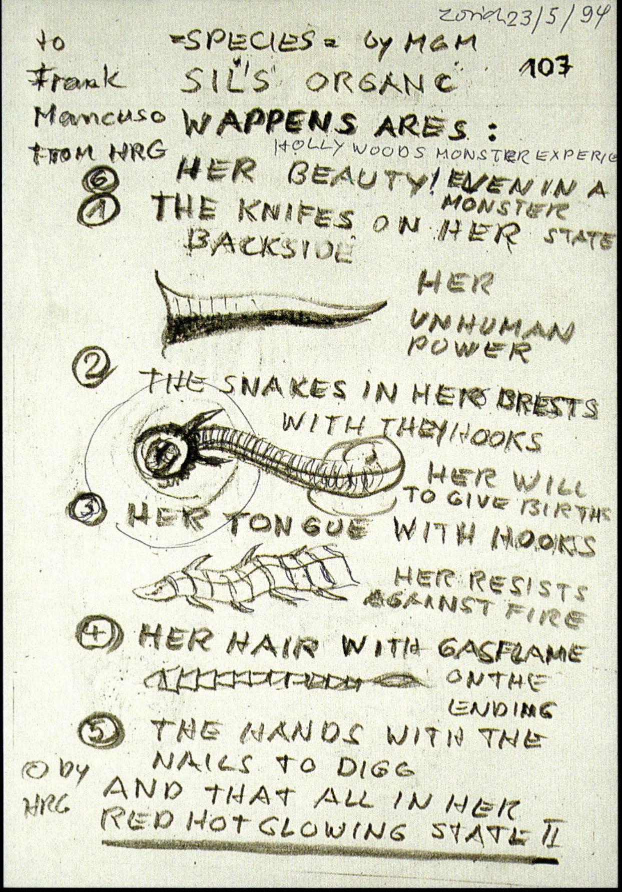

113

18B

105

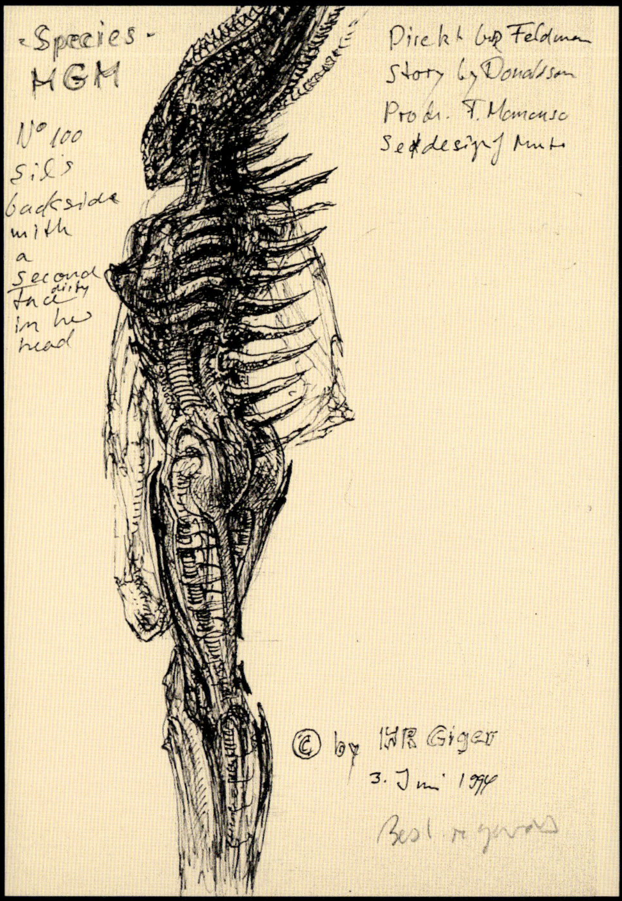

100

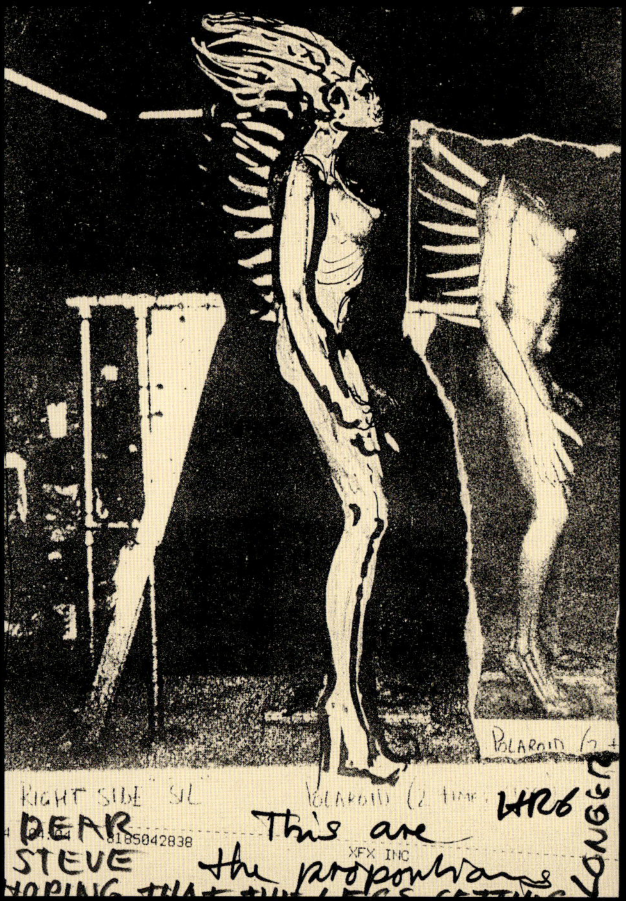

194

A

113: ZEICHNUNG FÜR SIL, ORGANISCHE WAFFEN, 23.5.1994, ÜBERARBEITETE FOTOKOPIE, BLEISTIFT UND BLAUER KUGELSCHREIBER AUF PAPIER, 29.7 X 21 CM
100: ZEICHNUNG FÜR SIL, DIE VERWANDLUNG VON SIL, ANSICHT VON HINTEN, 3.6.1994, FILZSTIFT AUF PAPIER, 29.7 X 20.4 CM

18B: ZEICHNUNG FÜR SIL, DER KUSS, 1994, ÜBERARBEITETE FOTOKOPIE, FILZSTIFT AUF PAPIER, 29.7 X 21 CM

194: SIL-DESIGN, VON H.R. GIGER ÜBERARBEITETER FAX VON STEVE JOHNSON

105: ZEICHNUNG FÜR SIL, DER KUSS, 1994, ÜBERARBEITETE FOTOKOPIE, BLEISTIFT AUF PAPIER, 29.7 X 21 CM

A: SIL, 3-D-MODELL VON TOM BURMAN, BURMAN STUDIOS

Ich machte für Mancuso eine Nahaufnahme, wollte ihm aber nicht das ganze Modell zeigen. Und angesichts des eh schon engen Zeitplans konnte auch nichts mehr geändert werden. Das Biest ging als Anschauungsmuster durch, aber ich brauchte eine Schönheit! So, wie sie vorlag, hätte sie keine Chance gehabt, von Mancuso akzeptiert zu werden. Das war für mich ziemlich frustrierend, denn seit meiner letzten Filmarbeit für ALIEN III waren bereits wieder fünf Jahre vergangen. Ich arbeitete seit dreieinhalb Monaten am Sil-Projekt und fühlte mich alleingelassen. Aber besessen wie ich war, konnte ich mich von diesem dreidimensionalen Objekt nicht lösen. Zumindest für künftige Ausstellungen in verschiedenen Museen und Galerien wollte ich es fertigstellen. Deshalb gab ich den Spezialisten von CFX den Auftrag, einen zweiten Versuch mit der transparenten Sil zu machen, und ließ den Kopf im Maßstab 1:1 herstellen. Auch er war in Ansätzen okay, aber keine Schönheit. Ich glaube, Monsterproduzenten sind die Leute geworden, weil sie das absolut können, aber mit normalen menschlichen Proportionen eher Mühe haben!
Ich war in dieser Zeit sehr deprimiert, weil meine Mutter erneut schwer erkrankt war und ich sie von einem Spital ins andere fahren mußte. Sie war gelähmt und hatte ihren Lebenswillen verloren. Mancuso wollte, daß ich nach Los Angeles komme, aber ich konnte meine hilflose Mutter nicht um eines Filmes wegen einsam sterben lassen.
Mein New Yorker Freund und Agent Leslie Barany, mit dem ich in täglichem telefonischen Kontakt stand und der zusammen mit James Cowan ob meiner Verträge mit MGM verzweifelte, schickte mir einen Haifischkiefer mit scharf gezackten Zähnen. Diese Zähne pflanzte ich sorgfältig in eine von mir geformte Zunge ein. Ich halte diese einzigartige, furchterregende Zunge für die stärkste körpereigene Waffe von Sil. Meine ursprüngliche Idee war, daß Sil bei ihrem «Todeskuß» mit der haifischzahnbesetzten, überdimensionierten Zunge tief in den Mund ihres Opfers eindringt und sie dann langsam zurückzieht – also nicht so, wie sie das nun im fer-

157

50

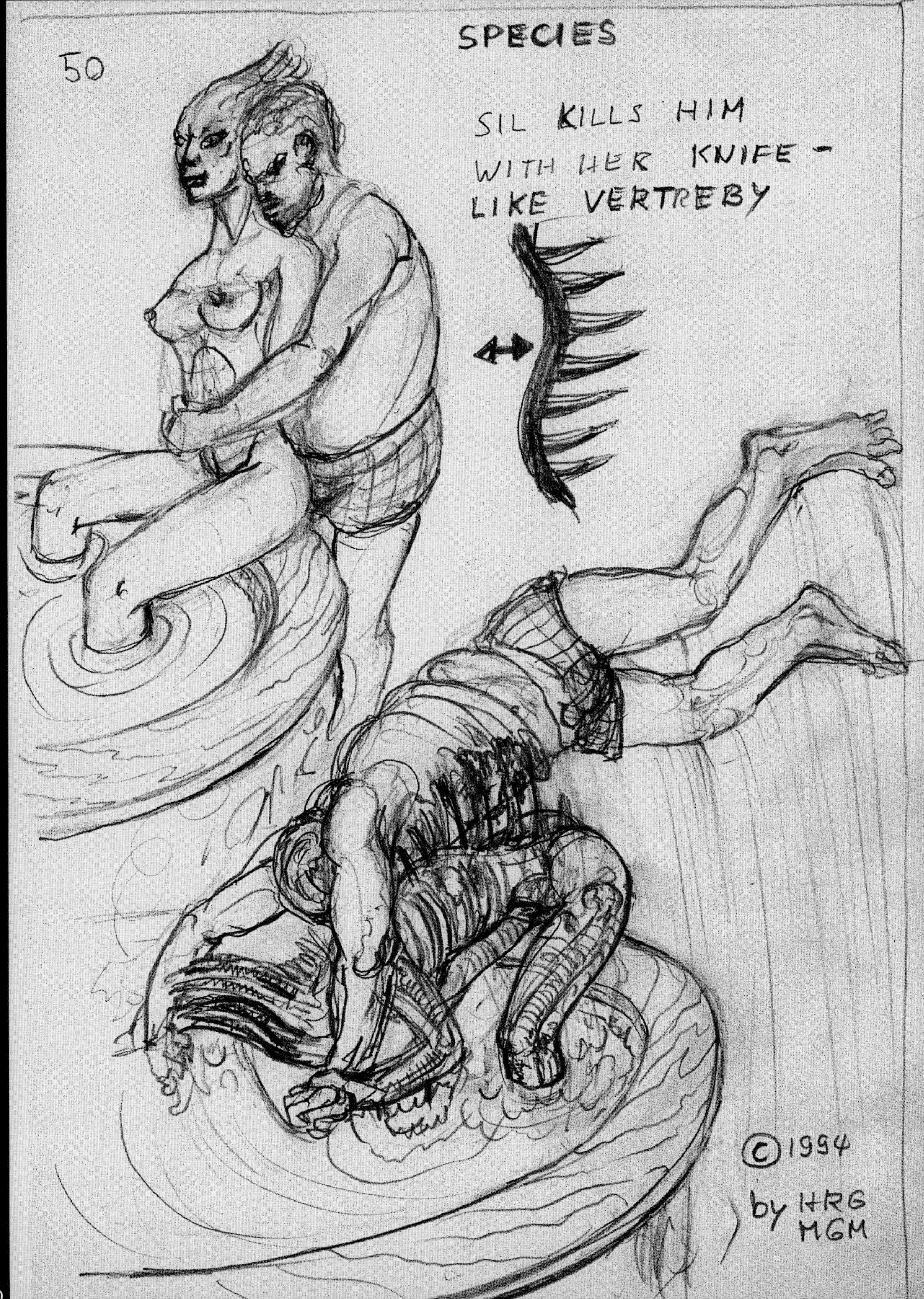

157: ZEICHNUNG FÜR SIL, THE FLAMETHROWERFUCKER, 23.8.1994, TUSCHE UND BLEISTIFT AUF BRIEFUMSCHLAG, 23 X 32 CM

50: ZEICHNUNG FÜR SIL, SIL TÖTET EIN OPFER MIT IHREN ERHITZTEN RÜCKENMESSERN, 1994, BLEISTIFT AUF PAPIER, 29.7 X 20.4 CM

tigen Film macht, wo sie die Zunge durch den Schädel ihres Opfers hindurchstößt. Meine Idee hätte den Effekt gehabt, daß die widerhakige Zunge vom Opfer schlagartig entdeckt wird, was der Zuschauer an der Todesangst erkennt, die sich in seinen Augen spiegelt. Zwischen Sils Lippen tritt ein bißchen Blut aus, das Opfer fällt in Ohnmacht, und Sil stößt es lässig mit der Hand von sich weg. Die Kamera wendet sich jetzt taktvoll vom Geschehen ab, fängt das Herausreißen der Speiseröhre aber indirekt ein, indem sie es wie zufällig im Spiegel beobachtet.
Sils andere tödliche Waffen sind die scharfen Dornen entlang ihres Rückens, die im Verlauf von Sils Verwandlung hervorschießen und wie gezackte Messer aus ihrer verdickten Wirbelsäule herausragen.

Es hätte mich nicht überrascht, wenn mich Mancuso aufgrund meiner Fehleinschätzung, Sil selber herstellen zu können, gefeuert hätte – aber für Publicity war ich wahrscheinlich immer noch gut... Meine Fax-Zeichnungen waren nicht so detailliert, daß man ohne weiteres mit ihnen arbeiten konnte. Das brachte Mancuso in eine schwierige Lage: Er hatte das Arbeitspensum für eine Sil-Puppe unterschätzt. Von meiner Arbeit an ALIEN her wußte ich um die Schwierigkeiten eines gut funktionierenden Monsters und von dessen Zeitaufwand: Wir brauchten jetzt dringend eine hochkarätige Special-Effects-Firma. Zum Glück war Steve Johnson verfügbar. Zusammen mit einem Team von gegen dreißig Fachkräften schuf er Sil so, wie wir sie kaum hätten realisieren können. Ich bedauerte erst nur, daß das Sil-Model, das wir in der Schweiz gefunden hatten, nicht zum Zuge kam: eine junge Frau mit sinnlichen Lippen, grossgewachsen und wunderschön. Nadine war schüchtern gewesen und hatte zum Treff mit den Herren aus Hollywood ihren Freund mitgebracht, was die Filmwichtsäcke unverzeihlich fanden.
Nun, Mancuso entschied sich für Natasha Henstridge, eine Kanadierin, die als Model und Schauspielerin arbeitet, und ich mußte das akzeptieren. Zuerst war ich etwas skeptisch, aber jetzt muß ich zugeben, daß Natasha sehr gute Arbeit geleistet hat. Sie besitzt eine enorme Ausstrahlung und ist als Sil hervorragend!
Anfänglich war ich besorgt, man würde die künstliche Sil zu oft zu sehen bekommen. Bei derart kostenintensiven Projekten mit Spezialeffekten neigen die Studios dazu, die teuren Kreationen öfter als angemessen ins Bild zu rücken. Ich finde, daß man die Magie und das Mysterium besser bewahrt, indem man Sil so kurz wie möglich zeigt. Doch zwischen zuviel und zuwenig verläuft eine sehr dünne Linie – im fertigen Film sieht man Steve Johnsons Puppe schlußendlich zuwenig. Was man leider fast immer sieht, ist die Computer-Sil.
Als ich die ersten Aufnahmen sah, die der Fotograf von Steve Johnsons Tonmodell gemacht hatte, war mir

88

88: SIL, STADIUM II, DIE VERWANDLUNG, VERSION I, 1994, ACRYL AUF TRANSCOP, 84.7 X 49.5 CM

89: SIL, STADIUM II, DIE VERWANDLUNG, SEITENANSICHT, 1994, ACRYL AUF TRANSCOP, 51 X 83.5 CM
A: SILS ZUNGE, ENTWORFEN FÜR ALIEN III, WURDE AUCH FÜR SPECIES NICHT VERWENDET, 1990–94, TUSCHE AUF PAPIER, 30 X 63 CM

B + C: SILS ZUNGE, ENTWORFEN, HERGESTELLT UND FOTOGRAFIERT VON H.R. GIGER, 1994, SILIKON, BERACRYL UND HAIFISCHZÄHNE, 19 X 5 X 3 CM

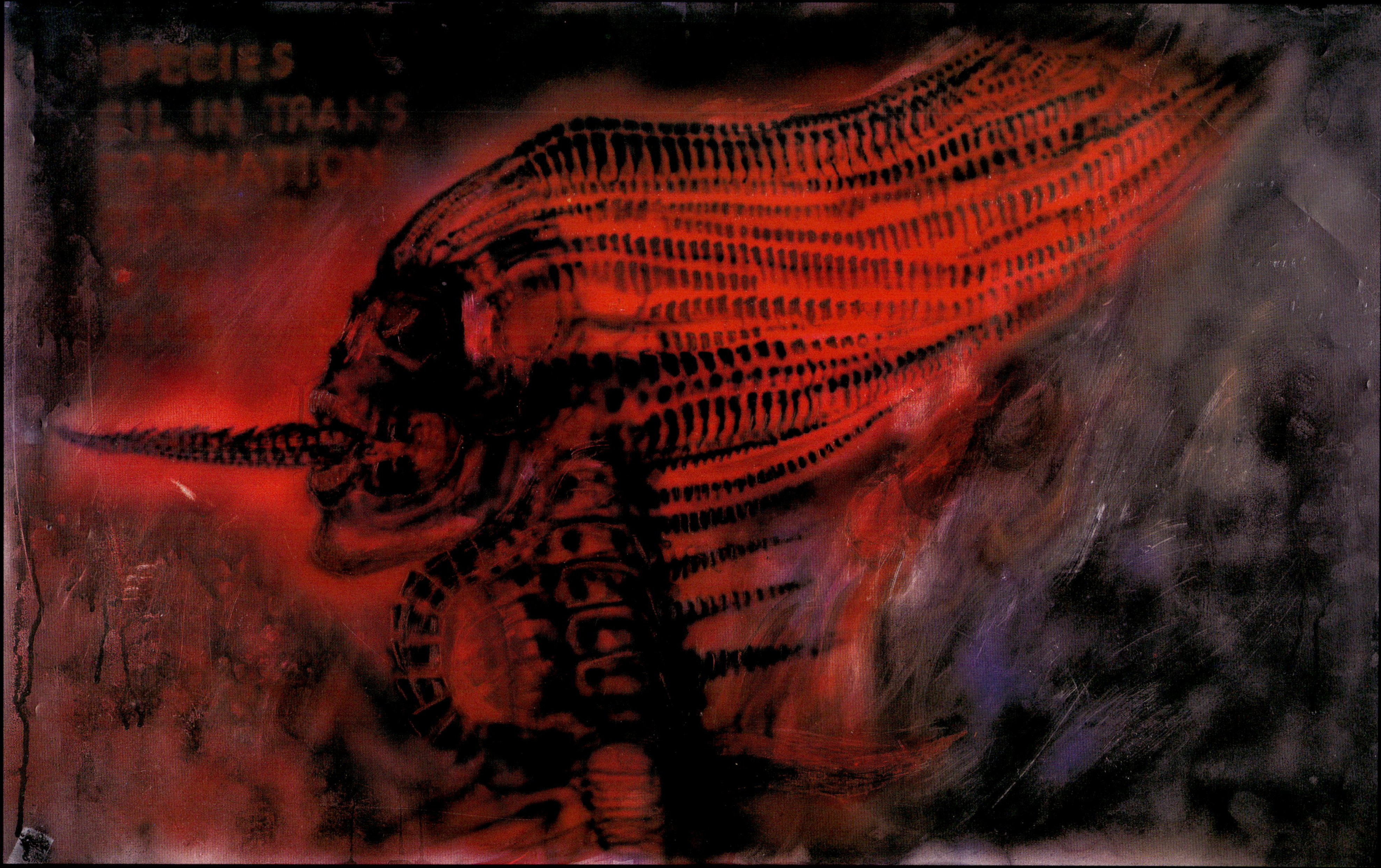
SPECIES

89

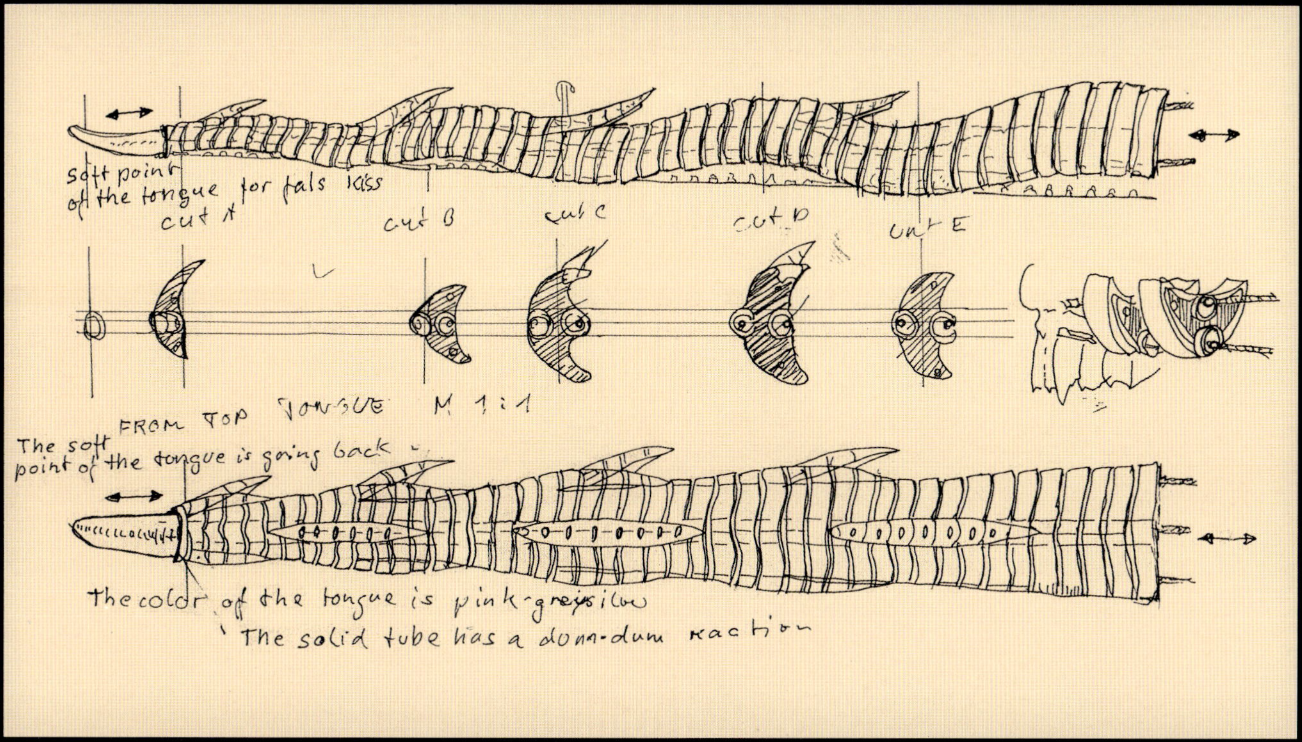
soft point of the tongue for fals kiss
cut A
cut B
cut C
cut D
cut E
FROM TOP TONGUE M 1:1
The soft point of the tongue is going back
the color of the tongue is pink-grey-silver
The solid tube has a dum-dum raction

A

B

C

sogleich klar, daß das Verhältnis zwischen Oberkörper und Beinen nicht stimmte. Auch 30 Leute können irren – oder aus falscher Höflichkeit gegenüber dem Chef schweigen. Ich dagegen verlängerte die Beine auf dem Foto und faxte das Ganze sofort zurück. Per Luftfracht schickte ich Steve Johnson mehrere mit der Spritzpistole gefertigte Zeichnungen, und wir besprachen dann die Details am Telefon. Er und sein Team gaben ihr Bestes, um mich zufriedenzustellen. Ich faxte immer wieder neue Zeichnungen und bat darum, dieses und jenes abzuändern, obwohl die Zeit knapp wurde.

Regisseur Roger Donaldson hatte den Eindruck, daß eine transparente Sil für sich allein genommen noch nicht fremdartig oder furchteinflößend genug wirkte. Da Steve Johnsons Puppen bereits fertig waren und Gott sei Dank nicht mehr verändert werden konnten, brachte Donaldson Richard Edlund dazu, die Computer-Sil häßlich zu machen und sie auch noch ein häßliches Kind zwischen den Brüsten gebären zu lassen. Mit diesen Computerwesen kann ich nichts anfangen und möchte auch keinesfalls dafür verantwortlich gemacht werden: Mit diesem Filmende hat man den Film versaut.

H.R. Giger

A

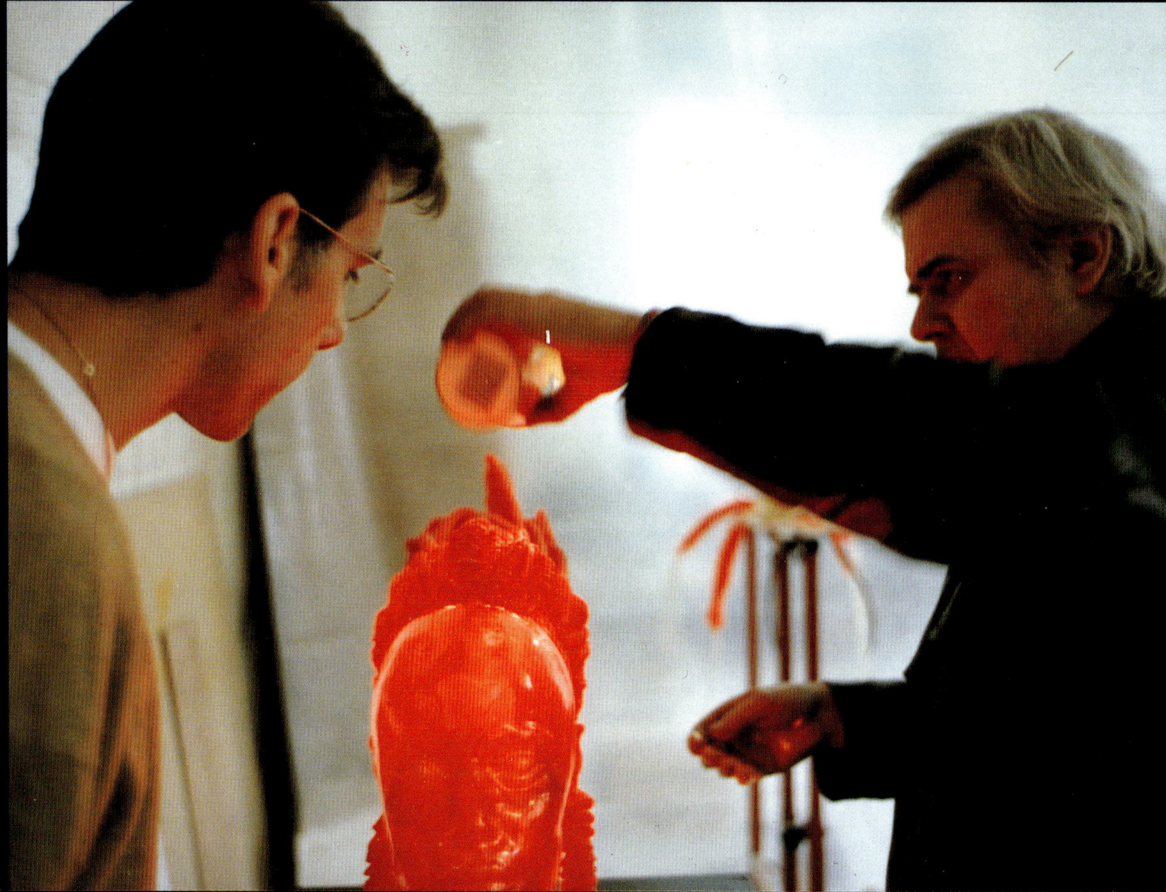

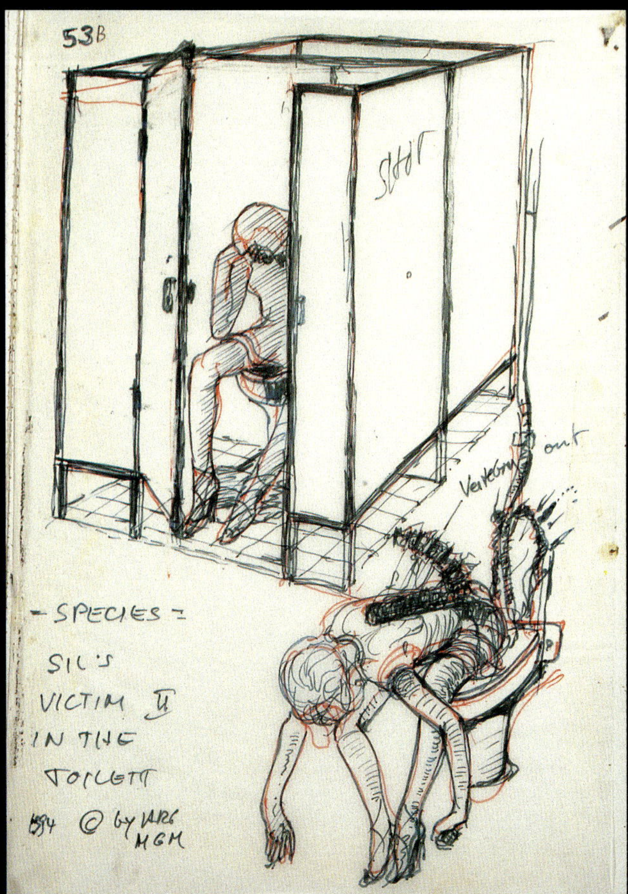

53B

B

53B: ZEICHNUNG FÜR GIGERS KONZEPT, SILS OPFER IN DEN TOILETTEN, 1994, FILZSTIFT AUF TRANSCOP, 29.7 X 21 CM
A: H.R. GIGER UND FRANK MANCUSO IN ANDY SCHEDLERS ATELIER, FORMART, SCHWEIZ
B: ANDY SCHEDLERS ATELIER, FORMART, SCHWEIZ

122B: SIL, STADIUM II, DIE VERWANDLUNG, 2.5.95, ÜBERARBEITETE FOTOKOPIE VON SPRITZPISTOLEN-BILD, FILZSTIFT AUF TRANSCOP, VERKLEINERT AUF 80.5 X 29.5 CM

107: SIL, STADIUM II, DIE VERWANDLUNG, SEITENANSICHT, 1994, BLAUPAUSE, 207 X 67.5 CM
115B: SIL, STADIUM II, DIE VERWANDLUNG, ANSICHT VON HINTEN, 2.5.95, ÜBERARBEITETE FOTOKOPIE VON SPRITZPISTOLEN-BILD, FILZSTIFT AUF TRANSCOP, VERKLEINERT AUF 68.2 X 24 CM

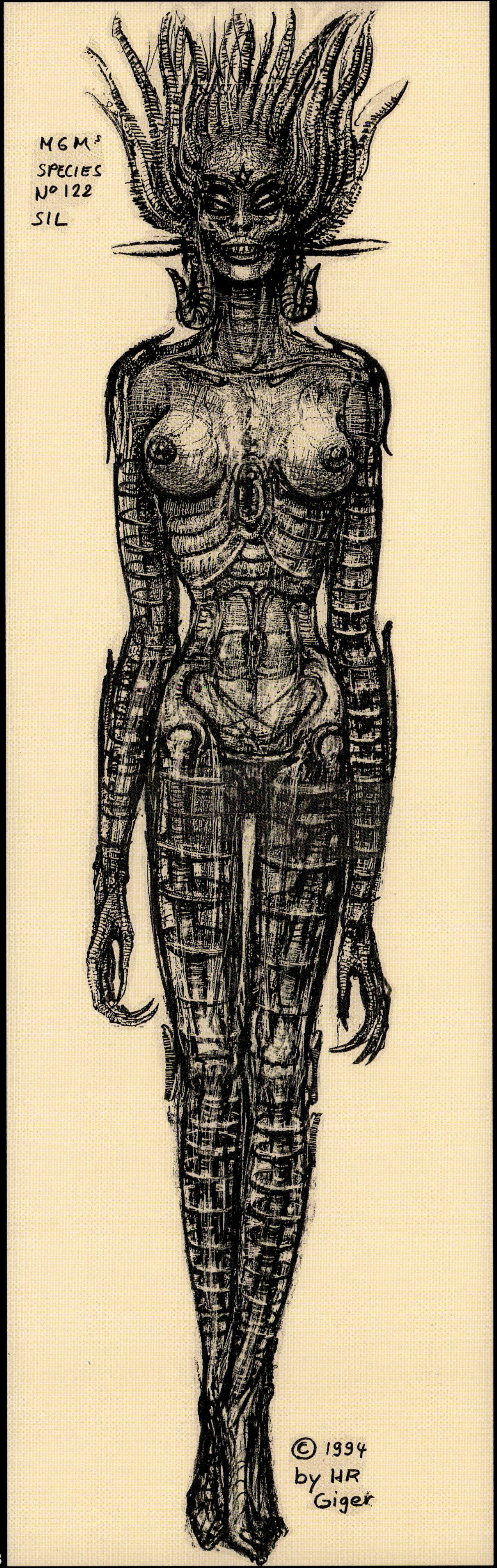

122B

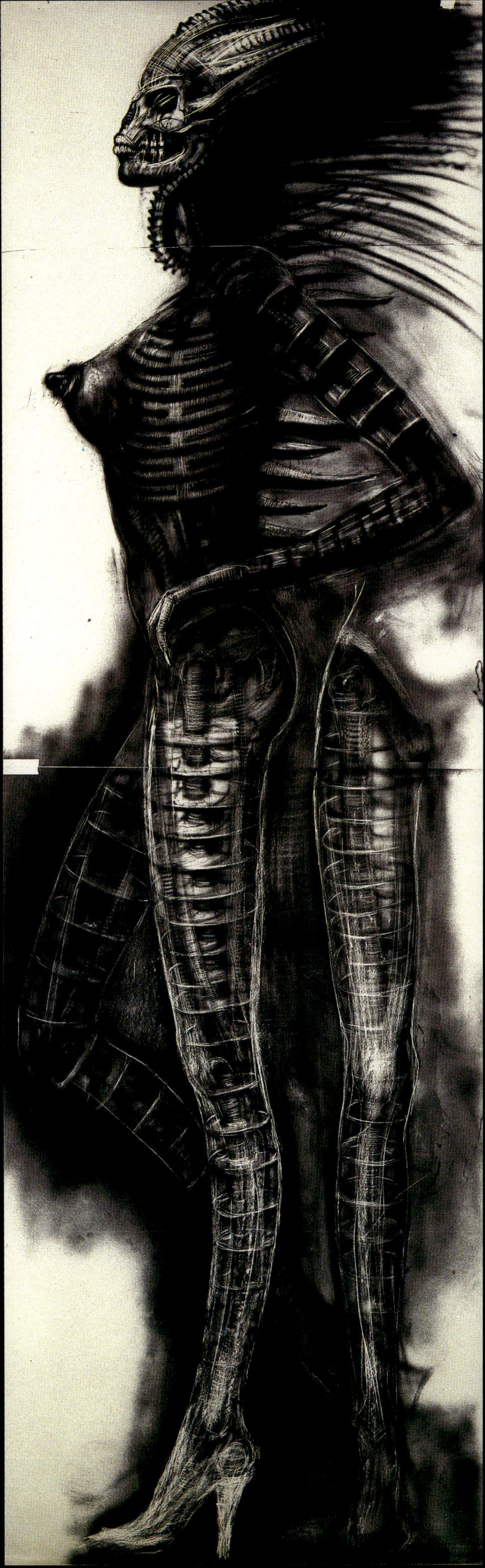

107

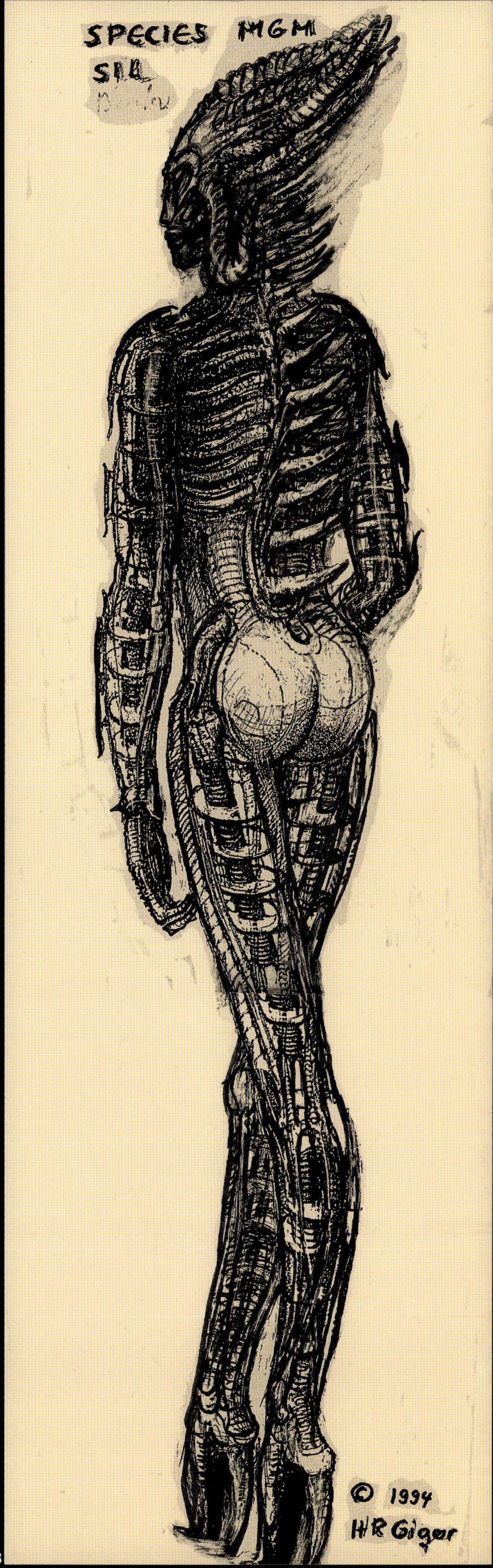

115B

SILS REALISATION

A

Ich bin seit 1979 ein Fan von H.R. Giger, als er für ALIEN die erste wirklich überzeugende Darstellung des Außerirdischen geschaffen hat. Die Denkweise, die hinter der Architektur, der Landschaft und hinter dem außerirdischen Wesen selber steckt, widersetzt sich allen menschlichen Prozessen. Noch heute bekomme ich eine Gänsehaut, wenn ich an die Bilder von damals denke. Welcher Geist war fähig, solche Unmenschlichkeit zu beschwören? Der Geist von H.R. Giger!
H.R. Giger ist ein Künstler ohne Beispiel, es gibt keinen, mit dem er zu vergleichen wäre. Die Schönheit und der Schrecken seines Werks sind einzigartig. Beides ist so bezwingend und gleichzeitig irritierend wie ein Alptraum, den man ans grelle Tageslicht zerrt.
Meine ersten persönlichen Erfahrungen mit H.R. Giger gehen aufs Jahr 1984 zurück, als ich mit dem Auftrag betraut wurde, seine Visionen für den Film POLTERGEIST II umzusetzen. Ich war hingerissen: Dies war die Gelegenheit, mich mit einem der wenigen zeitgenössischen Künstler, die ich respektiere, kreativ zu verbinden. Doch ich spürte bald, daß Gigers Interesse an meiner Arbeit nachließ. Weshalb? Ich schaute auf seine Bilder, verglich sie mit meiner Skulptur und stellte fest: So ging das nicht! Ich verwarf eine Skulptur nach der anderen, begann immer wieder von neuem und gab mein Bestes, um den Fluß und die ungebändigte Kraft seiner Werke einzufangen. Doch irgend etwas fehlte immer. Dann endlich dämmerte mir, was es war.
H.R. Gigers Kunst kann sehr unterschiedlich ausgelegt werden. Seine Bilder sind interpretierbar. Legt man fünf Skulpteuren ein Bild von Giger vor, so wird jeder von ihnen etwas anderes darin sehen, und sie werden fünf völlig verschiedene Skulpturen schaffen. Ich war allzusehr auf eine exakte Wiedergabe fixiert. Ich versuchte eine quasi fotorealistische Annäherung und wollte etwas übersetzen, was seinerseits ungeschliffenen Eindrücken entsprungen war, schnell auf die Leinwand geworfen wurde und so die Emotion des Entstehungsmoments bewahrte.
Ich versuchte, die gleiche Technik anzuwenden, warf alles, was ich gelernt hatte, über Bord und begann von vorne. Hatte ich erst einmal den Zugang zu einem seiner Designs gefunden, ließ ich mich treiben, arbeitete unglaublich schnell und locker, und hatte, eh' ich mich recht versah, die Essenz aus Gigers Kunst in die dritte Dimension gebracht.
Diese Erfahrung war von unschätzbarem Wert, als ich jetzt für die Zusammenarbeit mit Giger am SPECIES-Projekt angefragt wurde. Diesmal setzte ich mir zum Ziel, nicht bloß den spezifischen Anforderungen des Projekts zu genügen, sondern mit meinen Umsetzungen seiner Ideen auch Giger glücklich zu machen. Um dies zu erreichen, ließen Giger und ich den Kommunikationsfluß aus Fax, Videobändern und Telefongesprächen nie abreißen. Interessanterweise lernte ich Giger dabei – in direktem Kontrast zur düsteren Qualität seines Werkes – einmal mehr als einen sehr angenehmen, charmanten und äußerst humorvollen Mann kennen. Giger ist auch ein großer Fan von Spezialeffekten, und das half uns sehr, als es darum ging, die Kokon-Sequenz, die Labor-Kreatur, die männliche Version von Sil und die Alptraum-Sequenz zu entwickeln.
Unser Konzept für die Labor-Kreatur sah vor, daß sie sich ständig verändern sollte, damit der Zuschauer nie genau erkennen kann, wie sie wirklich aussieht. Das macht sie noch viel mysteriöser. In dieser Szene entwickelt sich die Kreatur – wie Sil auch – aus einem Kokon. Dies gab mir Gelegenheit, mir etwas auszudenken, was zu Gigers Welt und zu seiner einzigartigen Ästhetik paßt: Die Labor-Kreatur würde sich auf eine unwirkliche, fremdartige Weise fortbewegen.
Für die Alptraum-Sequenz filmten wir einen abstrakten Paarungstanz in einem stroboskopisch beleuchteten Wassertank. Das Ziel war, die menschlichen Umrisse der Darsteller in den Monsterkostümen mehrfach zu brechen. Um diesen Effekt zu erzielen, entwarfen wir extrem lange Formen. So wuchsen der männlichen Version von Sil zum Beispiel drei lange Schwänze aus dem Kopf. Zusätzlich wurde sie mit acht großen, krabbenartigen Greifarmen bestückt. Das stand ganz in der Tradition dessen, was Giger in ALIEN gemacht hatte, wo er den Zuschauer vom Mann-im-Monster-Kostüm ablenkte, indem er röhrenähnliche Geschwüre aus dem Rücken des Aliens wuchern ließ.
Die größte Herausforderung bei SPECIES bestand darin, beim Bau von Sil die Durchsichtigkeit von Gigers Design zu bewahren. Diese Aufgabe erwies sich als äußerst schwierige Knacknuß, weil der Kopf und die Gesichtszüge unter der durchsichtigen Haut mechanisch bewegt werden sollten. Tatsächlich kann man im fertigen Film sehen, wie sich diese Muskeln unter der Haut bewegen. Wir lösten das Problem schließlich, indem wir Nylonstrümpfe verwendeten: Wir hatten herausgefunden, daß sich der Anblick von Muskeln damit recht gut imitieren läßt.
Der Auftrag, Sil für SPECIES auf die Leinwand zu bringen, eröffnete uns die einmalige Chance, endlich auch eine weibliche Giger-Gestalt zu schaffen. Bis dahin waren Gigers Filmgeschöpfe (und diejenigen seiner Nachahmer) stets männlichen Geschlechts gewesen. Und dies, obwohl neunzig Prozent von Gigers Schöpfungen weiblich sind!
Ich glaube, daß es uns mit einer Kombination aus Ganzkörper-Animation und Computertechnik gelungen ist, die bislang beste Annäherung an das Werk eines der brillantesten Künstler unserer Tage zu schaffen. Aber schauen Sie sich den Film an und urteilen Sie selbst!

Steve Johnson

A: STEVE JOHNSON MIT FREUNDIN, FOTO: MATT ULLMAN

B

C

D

E

F

G

B: SILS SCHÄDEL, VOR DER KOSMETISCHEN FERTIGSTELLUNG BEI STEVE JOHNSONS XFX
E: XFX-MECHANICAL DESIGNER SUPERVISOR ERIC FIEDLER UND BOB NEWTON FÜGEN DIE UNEINGEFÄRBTE SIL-PUPPE ZUSAMMEN, FOTOS: NORMAN CABRERA

C: SILS SCHÄDEL, ZWISCHENSCHICHT, VOR DER KOSMETISCHEN FERTIGSTELLUNG BEI XFX, FOTO: NORMAN CABRERA
F: 3/4 SEITENANSICHT, SIL MIT HAAR UND KÖRPER-STRUKTUR, SUPERVISOR: MIKE HOSCH BEI XFX, FOTO: STEVE JOHNSON

D: SILS SCHÄDEL, ÄUSSERE SCHICHT, VOR DER KOSMETISCHEN FERTIGSTELLUNG BEI XFX
G: RÜCKENANSICHT, EINGEFÄRBTE SIL-PUPPE, FOTOS: NORMAN CABRERA

A

C

D

B

E

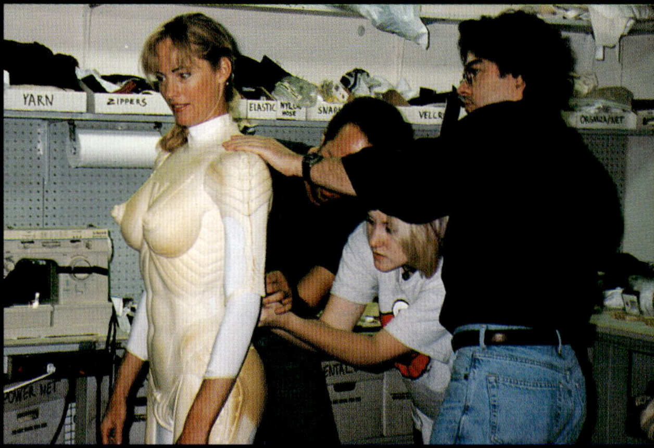

F

A: XFX-TECHNIKER DOUG STEWART UND KEVIN RETER BEI DER FERTIGSTELLUNG EINES GANZKÖRPER-FIBERGLAS-ABGUSSES VON SIL HERGESTELLT DURCH XFX MOLDS, FOTO: JAMES COWAN
B: SILS MECHANISCHER KOPF VOR DER KOSMETISCHEN BEARBEITUNG, FOTO: NORMAN CABRERA

C: SIL-CREATURE SUPERVISOR NORMAN CABRERA BEIM MODELLIEREN VON SILS KOPF FÜR XFX, FOTO: STEVE JOHNSON
D: XFX-MECHANICAL DESIGNER BOB NEWTON MIT SILS RÜCKENSKELETT, FOTO: MATT ULLMAN

E: VORDERANSICHT SIL-PUPPE, FOTO: NORMAN CABRERA
F: STEVE JOHNSON HILFT DER MONSTER-ARTISTIN DANA HEE BEI DER ANPROBE DES UNEINGEFÄRBTEN SIL-KÖRPER-KOSTÜMS, FOTO: MATT ULLMAN

A

B

C

D

E

F

A: JAMES COWAN UND BILL CORSO, XFX-ART DIRECTOR, MIT SIL-PUPPE, FOTO: DAVID FRAME
B: SILS HAAR, FOTOS B–D: JAMES COWAN
C: ERIC FIEDLER MIT ELEKTRONISCH GESTEUERTER SIL-PUPPE
D: PUPPE BEI VORBEREITUNG ZUR ABWASSERKANAL-SZENE

E: VON STEVE JOHNSONS XFX KREIERTE ELEKTRONISCH GESTEUERTE SIL-PUPPE, FOTO: STEVE JOHNSON

F: ELEKTRONISCH GESTEUERTE SIL-PUPPE WÄHREND DER ABWASSERKANAL-SZENE, FOTO: STEVE JOHNSON

A

B

C

D

E

F

A: STEVE JOHNSON ÜBERWACHT MIT TONY MANCINETTI DAS MODELL DER HÄNDE FÜR DEN STUNT-ANZUG VON SIL, FOTO: JAMES COWAN

D: SIL-SKULPTUR MIT HAAR, FOTO: STEVE JOHNSON

B: HARZ-ABGUSS VON SILS BÜSTE, FOTO: JAMES COWAN

E: VISUAL EFFECTS-PRODUZENT CRYSTAL DOWD VON BOSS-FILMS MIT FERTIGGESTELLTER ELEKTRONISCH GESTEUERTER SIL-PUPPE, FOTO: STEVE JOHNSON

C: SIL-GANZKÖRPERANZUG, FOTO: JAMES COWAN

F: FERTIGGESTELLTE BÜSTE DER SIL-PUPPE, FOTO: STEVE JOHNSON

A

B

C

D

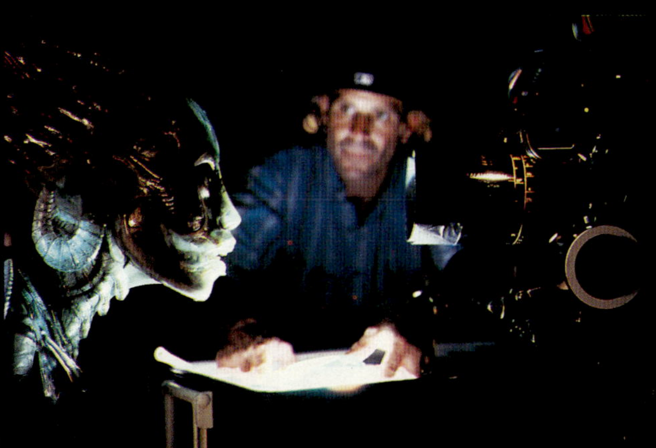
E

F

G

A: SIL WÄHREND DER ABWASSERKANAL-SZENE, FOTO: XFX
D: SIL, FOTO: MELINDA S. GORDON, © 1995 MGM INC.
E: SIL IN GROSSAUFNAHME MIT KAMERAMANN ANDRZEJ BARTKO-WIAK, FOTO: MELINDA S. GORDON, © 1995 MGM INC.

B + C + G: SIL WIRD FÜR DIE FILMARBEIT IN DER HÖHLE VORBEREITET

F: GROSSAUFNAHME VON SILS BEIN UND FUSS,
FOTOS B + C, F + G: JAMES COWAN

A

B

C

A: SIL-PUPPE BEI STEVE JOHNSONS XFX,
FOTO: VIRGIL MIRANO, © 1995 MGM INC.

B: SIL, FOTO: MELINDA S. GORDON, © 1995 MGM INC.

C: SIL, FOTO: VIRGIL MIRANO, © 1995 MGM INC.

REGIE FÜR SPECIES

Mein Interesse an SPECIES geht auf einen Zeitungsartikel zurück, den ich vor ein paar Jahren gelesen hatte. Darin wurde SETI (Search for Extra Terrestrial Intelligence) beschrieben, ein amerikanisches Projekt, das zum Ziel hatte, mit anderen intelligenten Wesen im All Kontakt aufzunehmen, indem vom Arecibo-Teleskop in Puerto Rico aus Botschaften in den Weltraum ausgestrahlt wurden. Als mir MGM später Dennis Feldmans Story vorlegte, war ich also bereits mit der Sache vertraut. Dieser Umstand sowie die faszinierenden Elemente des Drehbuches – und hier vor allem die Traumsequenzen – bewogen mich, den Regieauftrag anzunehmen.

Ich freute mich darauf, ein Projekt anzupacken, bei dem wir die neuesten Tricktechniken, die uns die Einführung neuer Digitalsysteme ermöglichte, einsetzen konnten. Diese Herausforderung war für mich eine starke Motivation, und als die Zusammenarbeit mit Richard Edlund begann, war ich denn auch begierig darauf, alles über die neuen Möglichkeiten zu erfahren. Ich ließ mich überall mit einbeziehen, wo es darum ging, Spezialeffekte in den Film einzubauen.

Gleich zu Beginn stellte sich uns die Grundfrage: Wie sollte Sil aussehen? Und wer würde sie entwerfen? Als ich mit der Suche nach einem geeigneten Designer begann, nahm mich mein Sohn Peter in einen Comic-Buchladen in Santa Monica mit, der ein gepflegtes Sortiment an Kunstbüchern führte. Beim Stöbern stieß ich dort auf «H.R. Giger's Necronomicon». Mir war sofort klar: H.R. Giger war unser Mann!

Natürlich war ich mit Gigers großartiger Arbeit für ALIEN vertraut. In diesem Buch aber sah ich zum ersten Mal, wie surrealistisch er bei seinen biomechanoiden Frauen mit der weiblichen Anatomie umgeht. Ich brachte den «Necronomicon»-Band zu einer Besprechung mit den Verantwortlichen von MGM mit, und sowohl Frank Mancuso jr. als auch MGM-Präsident Mike Marcus teilten meinen Enthusiasmus.

Bald darauf flogen Frank, Dennis Feldman und ich nach Zürich, um Giger zu besuchen. Bei einem sehr vergnüglichen Abendessen diskutierten wir das Filmprojekt und erklärten ihm, was wir von ihm gerne haben wollten. Später am Abend führte er uns durch sein Haus und Studio – ein faszinierender Ort, angefüllt mit Zeugnissen von Gigers eigener Kunst und mit den Werken anderer Künstler, die er bewundert. Nie werde ich das erstaunliche Mobiliar vergessen, das er selbst entworfen hat, nie auch den echten Schrumpfkopf, den er auf einem seiner Tische plaziert hat.

Seit unserer Reise nach Zürich war einige Zeit verstrichen, und ich wurde langsam nervös, weil ich von Giger etwas Handfesteres brauchte als die gefaxten Skizzen, aus denen ich mir kein richtiges Bild von der zu schaffenden Kreatur machen konnte. Also reisten Frank und ich zusammen mit Dennis und dem Ausstattungsleiter erneut in die Schweiz, um von Giger Genaueres über seine Vorstellungen von Sil zu erfahren. Er hatte gehofft, die Skulptur vollständig in Zürich herstellen zu können, aber wir erkannten schnell, daß die technischen Möglichkeiten, die ihm in der Schweiz zur Verfügung standen, nicht dem Hollywood-Standard entsprachen. Deshalb beschlossen wir gemeinsam, die Konstruktion nach Los Angeles zu verlegen, wo sie schließlich unter der Leitung von Steve Johnson erfolgte, der dabei in ständigem Kontakt mit Giger stand.

An der Arbeit mit Giger liebte ich besonders unsere Gespräche über alle Aspekte des Films. Denn Giger beschränkte sich keineswegs auf das Entwerfen des Monsters. Einige seiner Ideen wurden im Film auch realisiert, insbesondere der eindrückliche, mysteriöse Zugtraum. Leider konnten wir nicht so viel davon einbauen, wie er gehofft hatte, weil dadurch die Gewichte im Film verschoben worden wären. Immerhin versuchte ich, einige der Traumsequenzen mit Gigerschen Elementen anzureichern. Man erkennt das etwa in der Einstellung mit dem eleganten Paarungsritual zwischen einer männlichen und einer weiblichen Kreatur von Sils Heimatplaneten, die Steve Johnson gestaltet hat.

Beim Casting zu SPECIES setzten wir bewußt auf ein Ensemble und nicht auf große Stars. Ich dachte mir, daß der Film durch ein ausgeglichenes Ensemble gewinnen würde, weil man so aus der Rollenbesetzung nicht auf die jeweilige Figur schließen kann. Als erstes besetzte ich Michael Madsen als Press, weil er eine gewisse Respektlosigkeit einbringen würde und ich mit ihm schon in THE GETAWAY gerne zusammengearbeitet hatte. Danach besetzten wir Ben Kingsley, Forest Whitaker, Marge Helgenberger, Alfred Molina und zuletzt Natasha Henstridge. Wir hatten uns Hunderte von Frauen angeschaut, bevor wir uns für Natasha entschieden. Sie hatte eine unglaublich gute Arbeitseinstellung und machte ihre Sache ausgezeichnet. Die Studioverantwortlichen waren anfangs etwas nervös gewesen, weil Natasha kaum Schauspielerfahrung mitbrachte, doch als die ersten Leinwandproben vorlagen, waren sie beruhigt.

Wenn Sil (Natasha Henstridge) Professor Arden (Alfred Molina) verführt – was sich im Hotelzimmer und unmittelbar danach abspielt: das ist für mich der Höhepunkt des Films. Ich finde auch, daß die Szene im Whirlpool gut funktioniert. Hier die richtige Mischung aus Erotik, Gewalt und etwas Humor zu finden, war ein Balanceakt, der uns, wie ich meine, gelungen ist.

Als Regisseur versuche ich stets, für andere Ideen so offen wie möglich zu sein, trotz Zeit- und Budgetdruck. Giger brachte zahlreiche Vorschläge ein, und eine ganze Reihe von Details wurde aufgrund seiner mündlichen oder gefaxten Kommentare und Anregungen geändert. Wo es um die Gestaltung der Kreatur ging, hielt ich mich bewußt zurück, denn das war ja wirklich Gigers ureigenes Gebiet. Giger ist oft mit Hieronymus Bosch und Salvador Dalí verglichen worden, und ich hatte von Anfang an Vertrauen zu ihm. Giger hatte schon bei ALIEN brillante Arbeit geleistet, und er tat ein Gleiches bei SPECIES. Ich glaube sogar, daß sein Beitrag zu SPECIES dem wahren Giger näherkommt als alles andere, was er bis dahin auf die Leinwand gebracht hat. Die exotischen biomechanischen Frauengestalten nehmen in Gigers Werk eine zentrale Stellung ein. In SPECIES begegnen wir nun einer von ihnen in ausgewachsener, dreidimensionaler Form.

Ein kreativer Prozeß ist immer eine schmerzhafte Erfahrung, und man ist mit seinem Werk nie ganz zufrieden. Dies vorausgeschickt, bin ich mit dem Resultat von SPECIES mehr zufrieden als mit jedem anderen meiner Filme. Ich bin sehr glücklich darüber, daß Natasha, mit deren Besetzung ich mich anfänglich aufs Glatteis begeben hatte, ihre Sache so gut machte. Und die Tatsache, daß auch Giger im großen ganzen zufrieden ist mit dem Film, bedeutet mir sehr viel. Es war schön zu erfahren, daß er der Meinung ist, an etwas mitgearbeitet zu haben, das die Mühe wert war.

Roger Donaldson

RICHARD EDLUND UND ROGER DONALDSON MIT DER ELEKTRONISCHEN SIL-SCHALTUNG, FOTO: VIRGIL MIRANO

A

B

C

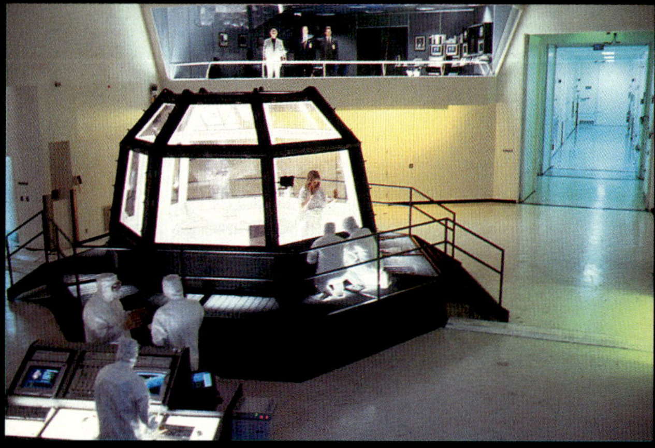

D

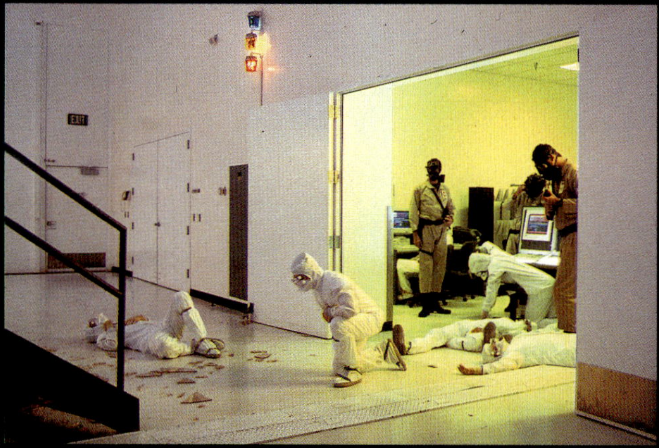

E

A: ROGER DONALDSON MIT DER GANZ JUNGEN SIL IN DER GLASKUPPEL, FOTOS A–E: MELINDA S. GORDON, © 1995 MGM INC.

B: DIE JUNGE SIL (MICHELLE WILLIAMS) BEOBACHTET DIE TECHNIKER BEIM ANBRINGEN DER ZYANID-GAS-FLASCHEN

C: SIL BRICHT AUS DER GLASKUPPEL AUS

D + E: DAS GIFTGAS BREITET SICH IM STAATLICHEN VERSUCHS-LABOR AUS

A

B

C

D

E

F

A: DAS TEAM WÄHREND EINER BERATUNGSSITZUNG
B: EIN SPANNENDER MOMENT: DAS TEAM BEREITET SICH DARAUF VOR, SIL IN ARDENS HOTELZIMMER ZU STELLEN
C: PROJEKTLEITER FITCH (BEN KINGSLEY) VERFOLGT SIL DURCH DEN ABWASSERKANAL

D: LAURA (MARG HELGENBERGER) IN EINER BRENNENDEN ÖLLACHE
E: SIL (NATASHA HENSTRIDGE) VERÄNDERT IHRE HAARFARBE
F: PRESS (MICHAEL MADSEN) MIT SCHWERER ARTILLERIE

A

C

D

B

E

F

A: DAN (FOREST WHITAKER), FITCH UND ARDEN (ALFRED MOLINA) BEOBACHTEN DIE KREATUR AUS EINEM NEBENRAUM DES LABORS, FOTOS A–F: MELINDA S. GORDON, © 1995 MGM INC.
B: DIE IM LABOR AUS REINEM, AUSSERIRDISCHEM DNA KREIERTE KREATUR

C: EINE TECHNIKERIN (SUSAN HAUSER), FITCH UND DONALDSON
D: LAURA BEDIENT DIE STEUERUNGSANLAGE
E + F: DIE KREATUR WÄCHST RASEND SCHNELL UND VERWANDELT SICH

A

B

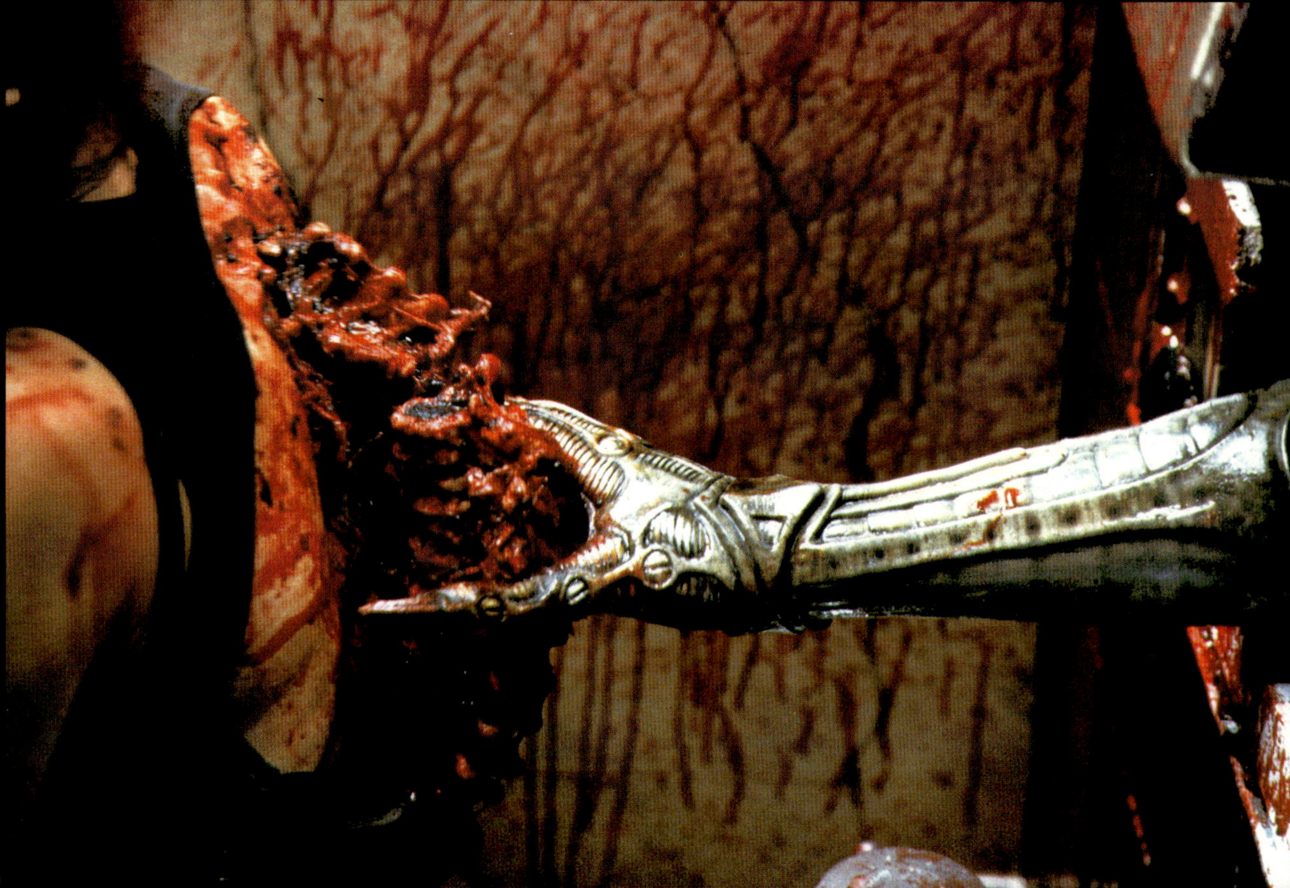

D

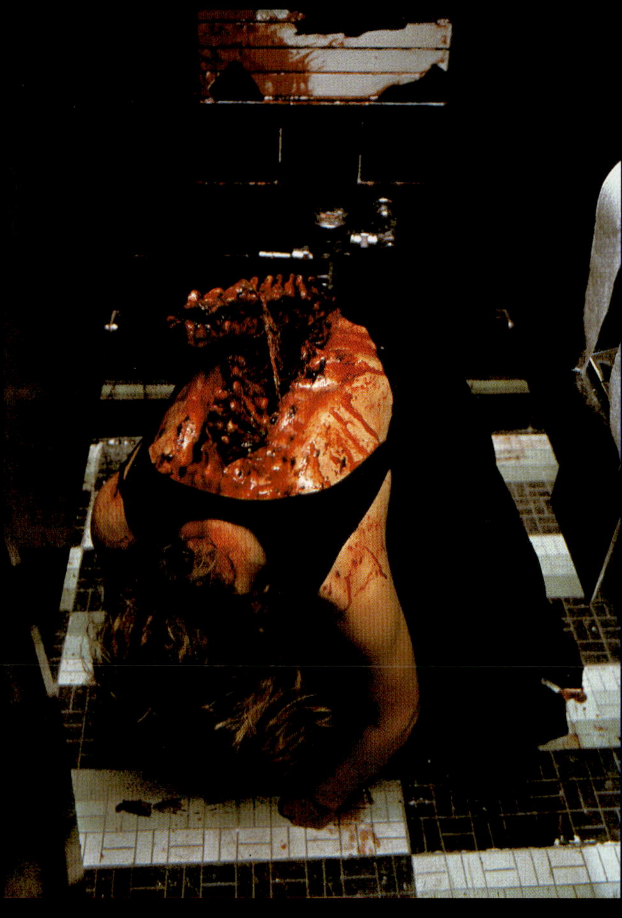

C

E

A–E: IN DEN TOILETTEN DES NACHTKLUBS REISST SIL DIE WIRBELSÄULE EINER POTENTIELLEN RIVALIN (CAROLINE BARCLAY) HERAUS (MAKE-UP VON XFX),
FOTOS: MELINDA S. GORDON, © 1995 MGM INC.

KOKON

Sils Geburt wurde auf eine Weise realisiert, daß mir die Szene nur in der zweiten Hälfte gefällt. Dabei hatte ich diese Kokon-Szene genauestens beschrieben: Die Würmer sollten sich langsam aus den platzenden Pickeln von Sils Haut herausschrauben. Das wurde dann so gelöst, daß man die Haut zwar platzen ließ, aber die braunroten Computerwürste viel zu schnell herauszog, um die computerisierte Peinlichkeit besser vertuschen zu können.

Die Geburt von Sil macht dies jedoch wieder wett. Aber dafür gab es schließlich auch ein Vorbild: Die spanische Theatergruppe «Fura dels Baus», bei der sich nackte Frauen kopfüber aus hängenden Gummischläuchen zwängen.

H.R. Giger

33

34

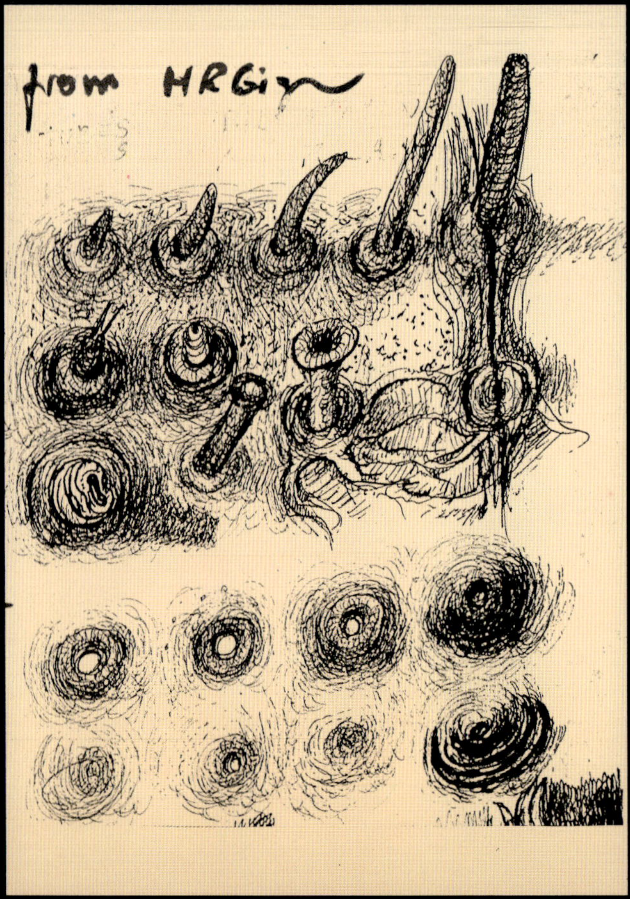

173A

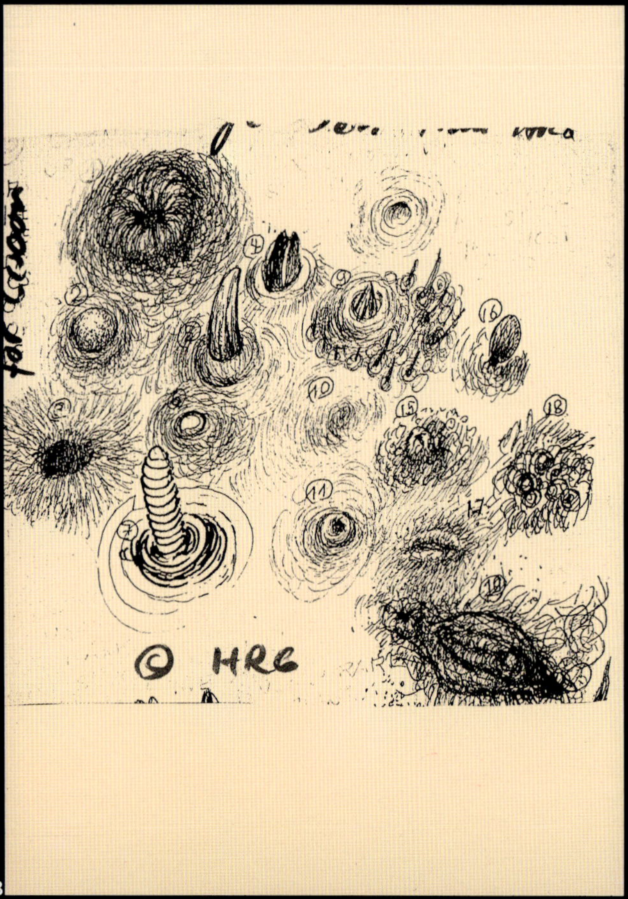

173B

125

173A: ZEICHNUNG FÜR DEN KOKON, 1994, ÜBERARBEITETE FOTOKOPIE, 19 X 21 CM

33: ZEICHNUNG FÜR SIL, SIL IST ZEHN JAHRE ALT, 1994, ÜBERARBEITETE FOTOKOPIE, KUGELSCHREIBER UND BLEISTIFT AUF PAPIER, 25.9 X 19.6 CM
173B: ZEICHNUNG FÜR DEN KOKON, 1994, ÜBERARBEITETE FOTOKOPIE, 16 X 18.5 CM

34: ZEICHNUNG FÜR SIL, DIE PICKEL, 21.2.1994, ÜBERARBEITETE FOTOKOPIE, KUGELSCHREIBER, FETTSTIFT UND BLEISTIFT AUF PAPIER, 25.9 X 19.6 CM
125: ZEICHNUNG FÜR DEN KOKON, 1994, ÜBERARBEITETE FOTOKOPIE

177

107B

151

177: ZEICHNUNG FÜR SIL, SILS WÜRMER, 6.10.1994, FILZSTIFT AUF PAPIER, 29.7 X 21 CM

107B: ZEICHNUNG FÜR SIL, SILS WÜRMER, 1994, ÜBERARBEITETE FOTOKOPIE, KUGELSCHREIBER AUF TRANSCOP, 29.7 X 21 CM

151: ZEICHNUNG FÜR SIL, SILS WÜRMER, 1994, FILZSTIFT UND TUSCHE AUF PAPIER, 29.7 X 21 CM

A

C

D

B

E

F

A + B: NACHDEM DIE JUNGE SIL SICH IN EINEM ZUGSABTEIL MIT ESSWAREN VOLLGESTOPFT HAT, BEMERKT SIE UNTER IHRER HAUT SELTSAME BEWEGUNGEN. ÜBERALL WACHSEN PICKEL.
FOTOS: MELINDA S. GORDON, © 1995 MGM INC.

C–F: DIE PICKEL PLATZEN UND WÜRMER SCHIESSEN HERAUS. SIE WACHSEN RASEND SCHNELL UND WICKELN SIL IN EINEN KOKON EIN. FOTOS: BOSS-FILM

A

D

B

C

E

A: UNEINGEFÄRBTER, POLYPROPYLEN-SIL-KOKON VON XFX,
FOTO: MATT ULLMAN
B–C: SIL TÖTET DIE SCHAFFNERIN IM ZUG,
FOTOS: MELINDA S. GORDON, © 1995 MGM INC.

D: DIE VOLLENTWICKELTE SIL IM KOKON
E: SIL SCHLÜPFT IN MENSCHLICHER GESTALT (NATASHA HENSTRIDGE) AUS DEM KOKON HERAUS,
FOTOS: MELINDA S. GORDON, © 1995 MGM INC.

COMPUTER GRAPHICS IMAGING

Nachdem ich schon bei den Filmen POLTERGEIST II und ALIEN III mit H. R. Giger zusammengearbeitet hatte, brachte uns nun das SPECIES-Projekt erneut zusammen. Giger ist seiner Kunstform und seinen Themen treu geblieben, von denen einige aus den späten 60er Jahren stammen. Dabei wurde er mit den Jahren immer bestimmter und kraftvoller, wie man jetzt etwa an diesem wunderbar finsteren Geisterzug, dem Ghost Train, sieht, der in SPECIES auf uns zu rast. Giger hat uns für SPECIES auch die surrealistische Hauptfigur Sil geliefert, die zwar furchterregend, aber gleichzeitig sympathisch unschuldig ist und von der wir uns seltsam angezogen fühlen.

Sil als «Monster» zu bezeichnen fällt mir schwer. Der Begriff will nicht recht passen. Aber wenn «Frankensteins Braut» das erste weibliche Film-«Monster» war, dann ist Sil bestimmt das eleganteste. Ähnlich wie Gigers ALIEN symbolisiert ihr unberechenbarer, von allen Normen abweichender Charakter den Erzfeind der Menschheit schlechthin.

Sil reist mittels Informationsübertragung. Ihre DNA-Struktur wird aus einer fernen Galaxie an die Menschheit übermittelt. Und diese kombiniert sie in einem staatlichen Genforschungslabor mit menschlicher DNA. «Geboren» wird so ein unschuldiges Geschöpf mit einer potentiell zerstörerischen Fortpflanzungsmission. Sil entwickelt sich mit großer Geschwindigkeit. In ihrer menschlichen Form wächst sie innert weniger Wochen vom Baby zur bildhübschen Frau heran, die im Film von Natasha Henstridge verkörpert wird.

Sil wird von seltsamen, erotisch-biomechanischen Träumen geplagt. In ihrer kurzen Phase des Heranwachsens wird sie zum Beispiel in einer alptraumhaften Phantasie von Gigers Ghost Train verfolgt. Aus diesem fürchterlichen Traum erwacht sie, um sich mit der noch viel schrecklicheren Wirklichkeit konfrontiert zu sehen: Aus Gesicht und Körper des Mädchens brechen blutige Würmer hervor und verbinden sich zu einem Kokon, aus dem sich kurz darauf die erwachsene Sil entpuppt. In ihrer ursprünglichen Form, schlank und lüstern, ist Sil halbtransparent. Ihren Körper mit den biomechanischen Skelettelementen, Organen und der durchsichtigen, gepanzerten Außenhaut kreierten wir im Cyberspace und schufen so die Voraussetzung, Sil mit einem hochmodernen Realzeit-Steuersystem bewegen zu können. Sil wurde damit lenkbar wie ein Stuntman im Monsterkostüm, verfügte zusätzlich aber über athletische Fähigkeiten, welche jene eines Menschen weit übersteigen. Diese Technologie wurde speziell für SPECIES entwickelt. Der Film brachte uns an einen Wendepunkt und bewirkte die Geburt unseres virtuellen Studios.

Wir bauten eine rund 60 cm hohe Steuerungsanlage, die von Puppenspielern bedient werden konnte und es ihnen ermöglichte, die gewünschten Bewegungsabläufe sogleich auf das im Computer geschaffene Bild von Sil auf den realen Hintergrund zu übertragen. Die so entstandenen Aufnahmen von Sil wurden dann in Einzelbilder zerlegt und Bild um Bild so überarbeitet, daß sie mit ihren Bewegungen auf der Leinwand übereinstimmen. Dabei erwiesen sich jene Einstellungen als die schwierigsten, wo es galt, Sils Gesichtsausdruck zu gestalten. Wenn man die Puppe betrachtet, die Steve Johnson in seinem XFX-Studio baute, so wird man feststellen, daß diese nicht bloß aus einer Oberfläche, sondern aus mehreren Schichten besteht. Neben der Außenhaut schufen wir deshalb auch die inneren Teile – den Schädel, die Organe und die seltsamen Knochen und Gelenke, aus denen Arme und Beine bestehen. Dies alles wurde dreidimensional am Computerbildschirm geschaffen. Dabei erwies es sich als äußerst schwierig, bei Sil die einzelnen Gewebelagen aufzutragen und dabei den Effekt der Durchsichtigkeit zu bewahren – zumal all die verschiedenen Elemente ja auch noch bewegt werden mußten. Dieser Aspekt machte die Erschaffung von Sil wesentlich schwieriger als zum Beispiel der Nachbau eines Dinosauriers. Dank dieser neuen Technologie war es aber möglich, daß sich Roger Donaldson die einzelnen Bewegungen von Sil in der Abwasserkanal-Szene in Echtzeit anschauen konnte.

Mit Sil hat uns Giger erneut eine großartige Schöpfung geschenkt, welche die Phantasien und Alpträume des menschlichen Gehirns bereichern wird. Neugierig und erwartungsvoll werden wir im Kinosaal darauf warten, bis das Licht ausgeht. Denn schließlich: Was wäre Weiß ohne Schwarz?

Richard Edlund

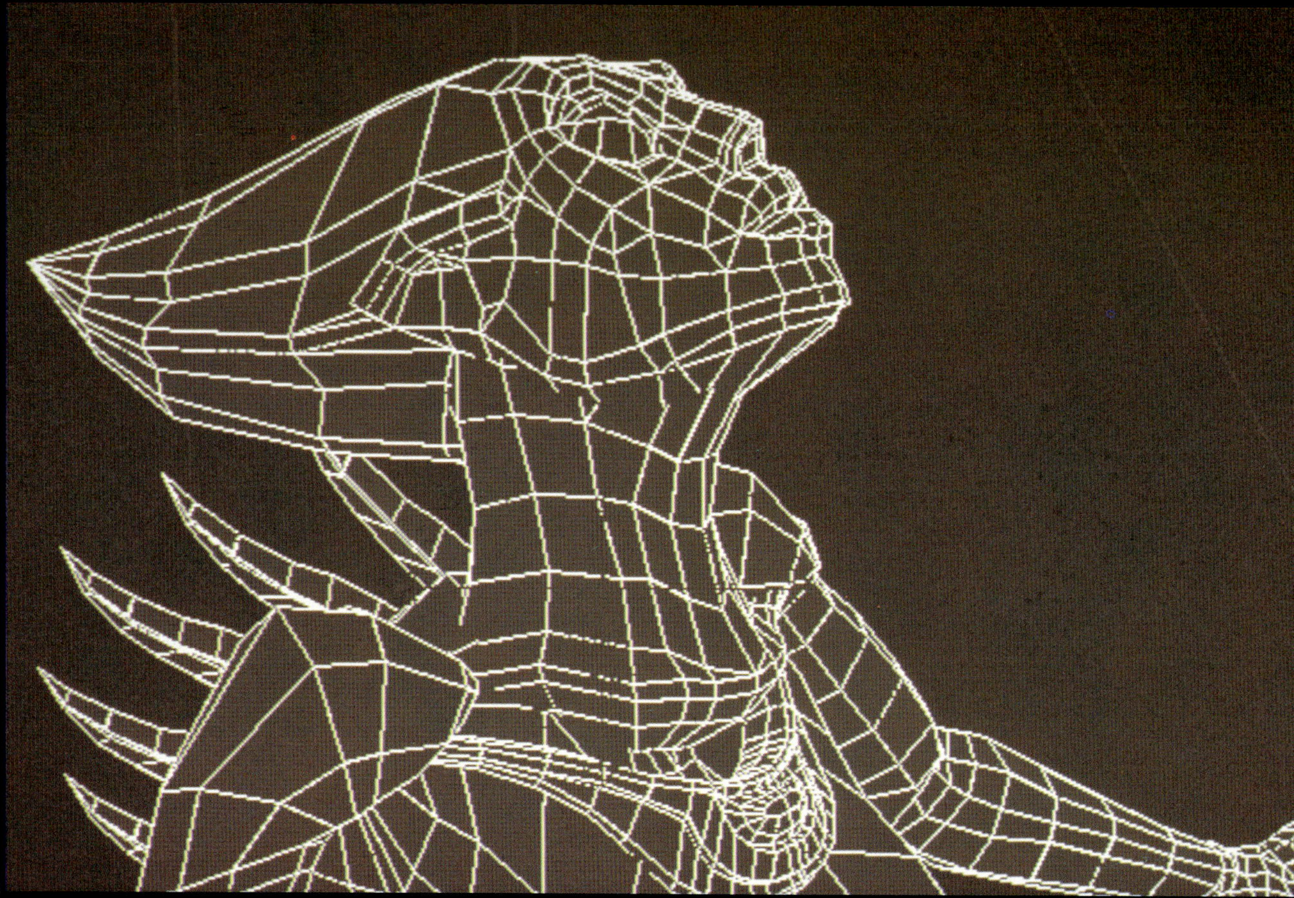

A

B

A: COMPUTER-LINIENGERIPPE VON SIL, FOTO: BOSS-FILM

B: BOSS CGI-TEAM MIT PUPPE, FOTO: VIRGIL MIRANO

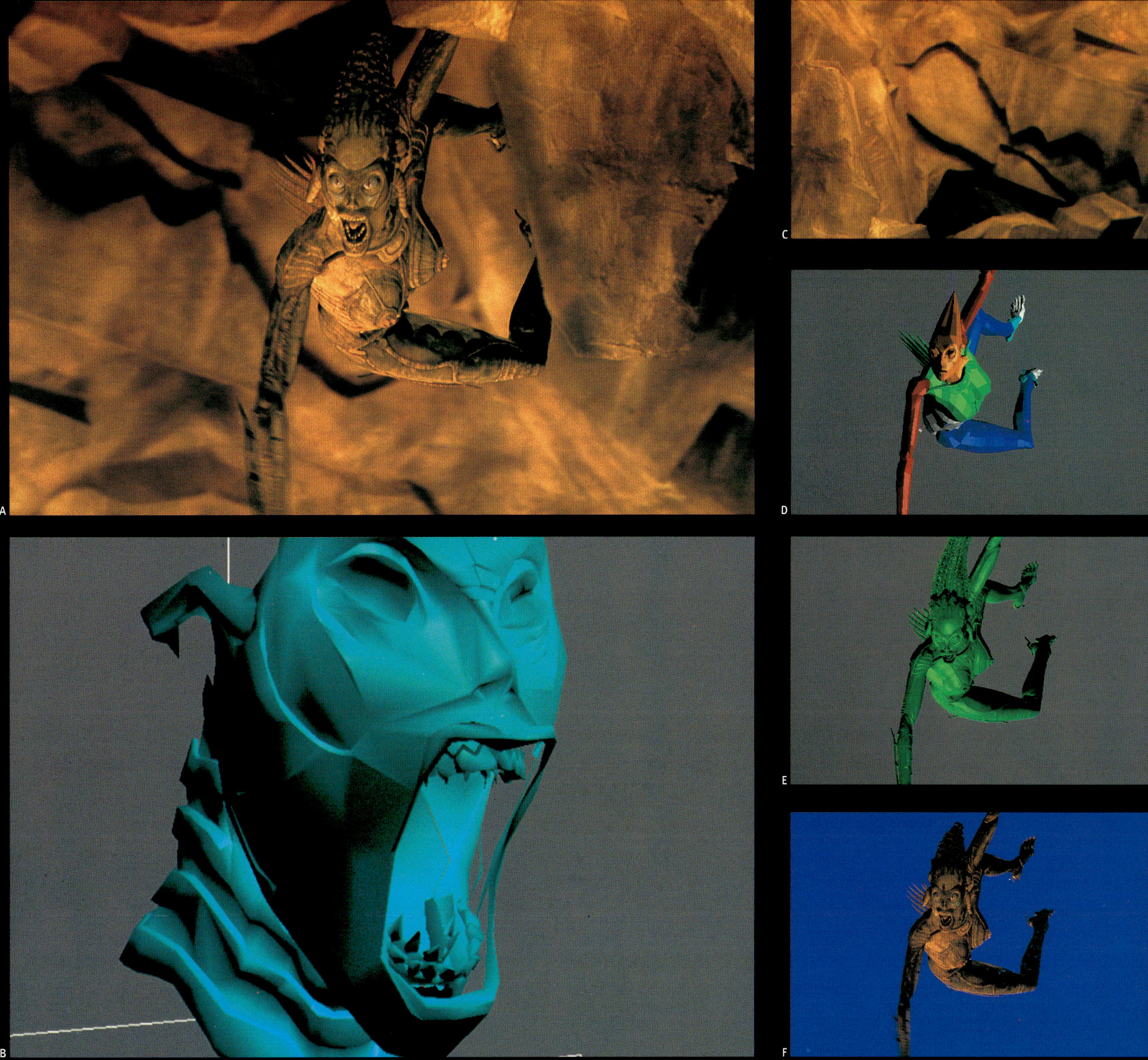

A–F: 3-D-COMPUTERUMSETZUNG VON SILS KÖRPER UND GESICHT. FOTOS: BOSS-FILM

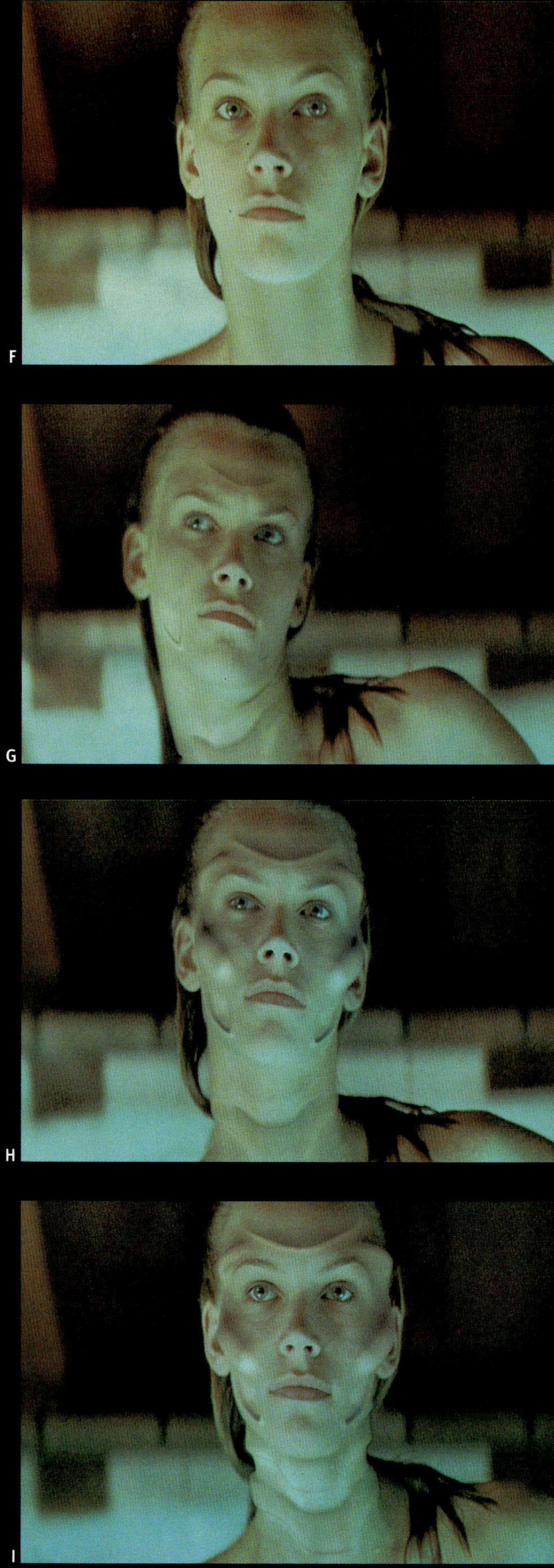

A–E: SIL BEDROHT JOHN CAREY (WHIP HUBLEY) IM BAD,
FOTOS: MELINDA S. GORDON, © 1995 MGM INC.

F–I: SIL VERWANDELT SICH VON EINEM MENSCHEN IN EINE
AUSSERIRDISCHE KREATUR, FOTOS: BOSS-FILM

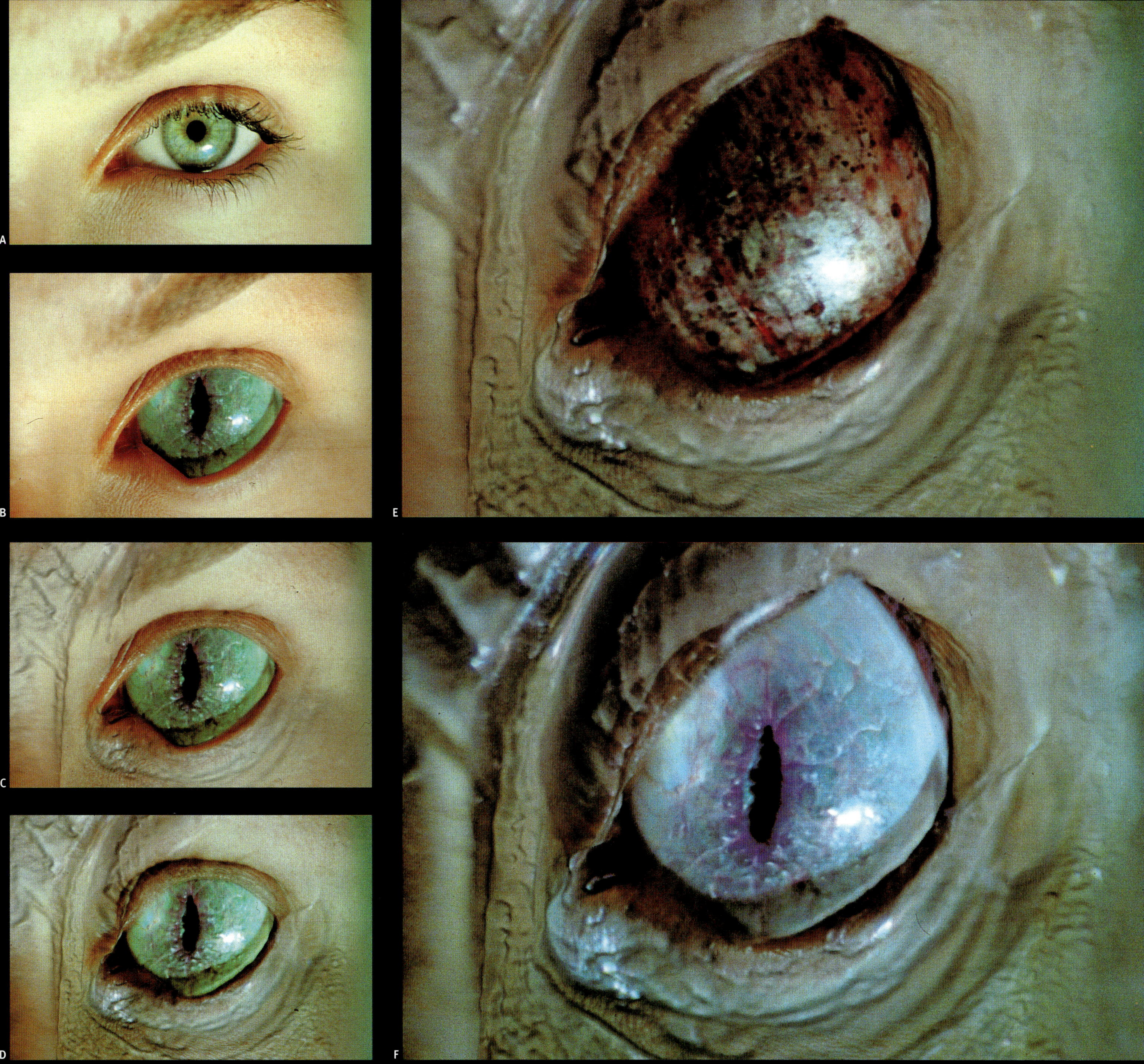

A–F: GROSSAUFNAHMEN VON SILS AUGEN WÄHREND DER VERWANDLUNG. FOTOS: BOSS-FILM

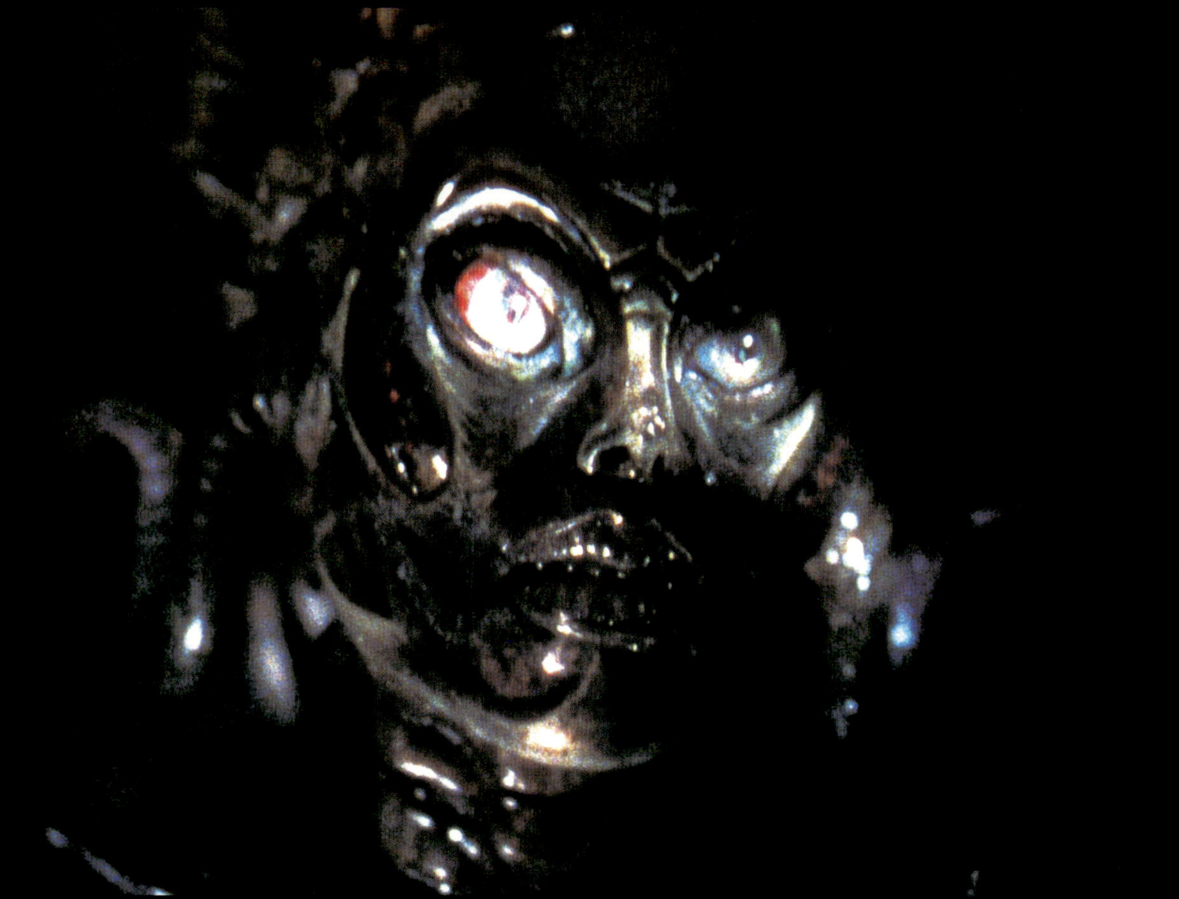

A

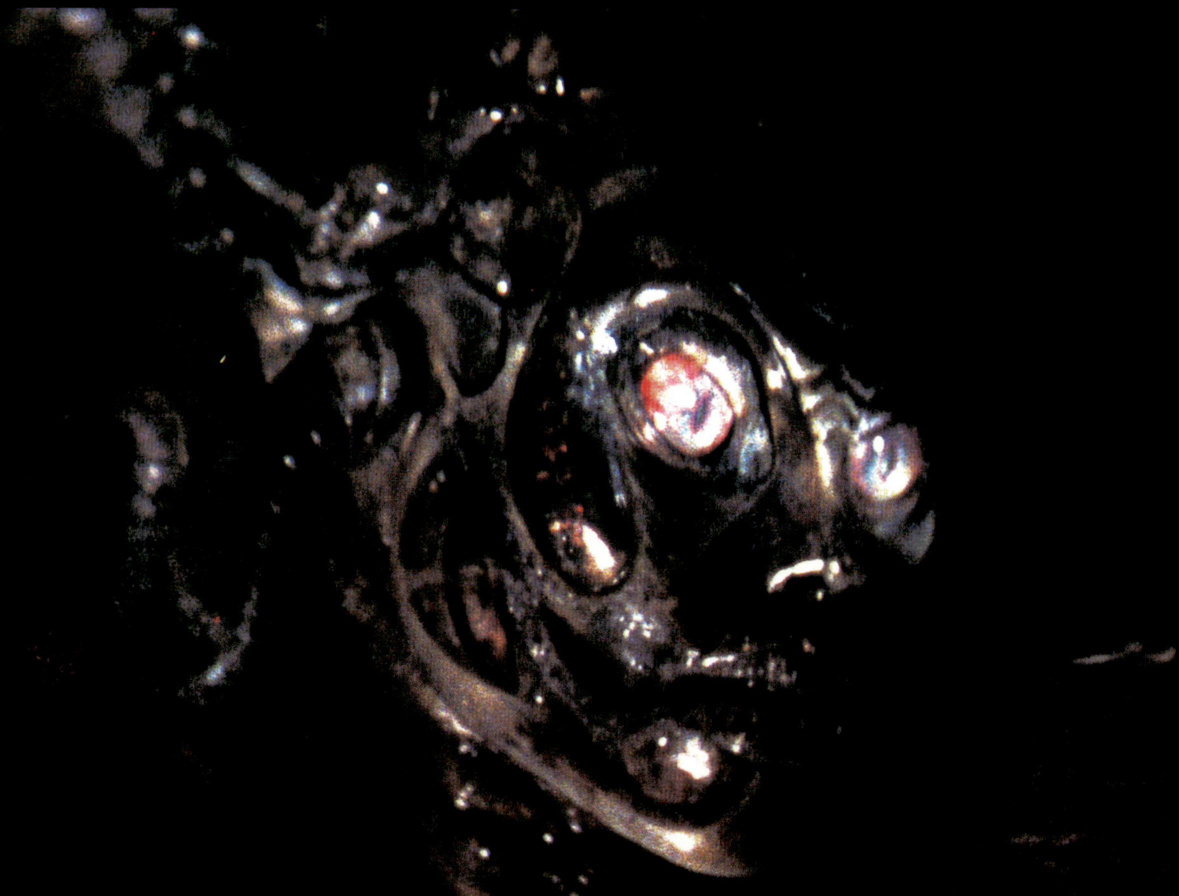

B

C

D

E

F

A–F: GROSSAUFNAHMEN AUS DEM FILM, SIL IN DER HÖHLE,
FOTOS: © 1995 MGM INC.

SEITE 53: SIL, FOTO: © 1995 MGM INC.

A

C

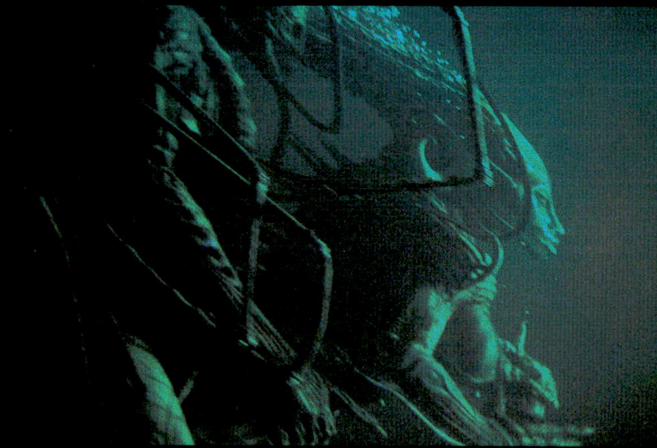
D

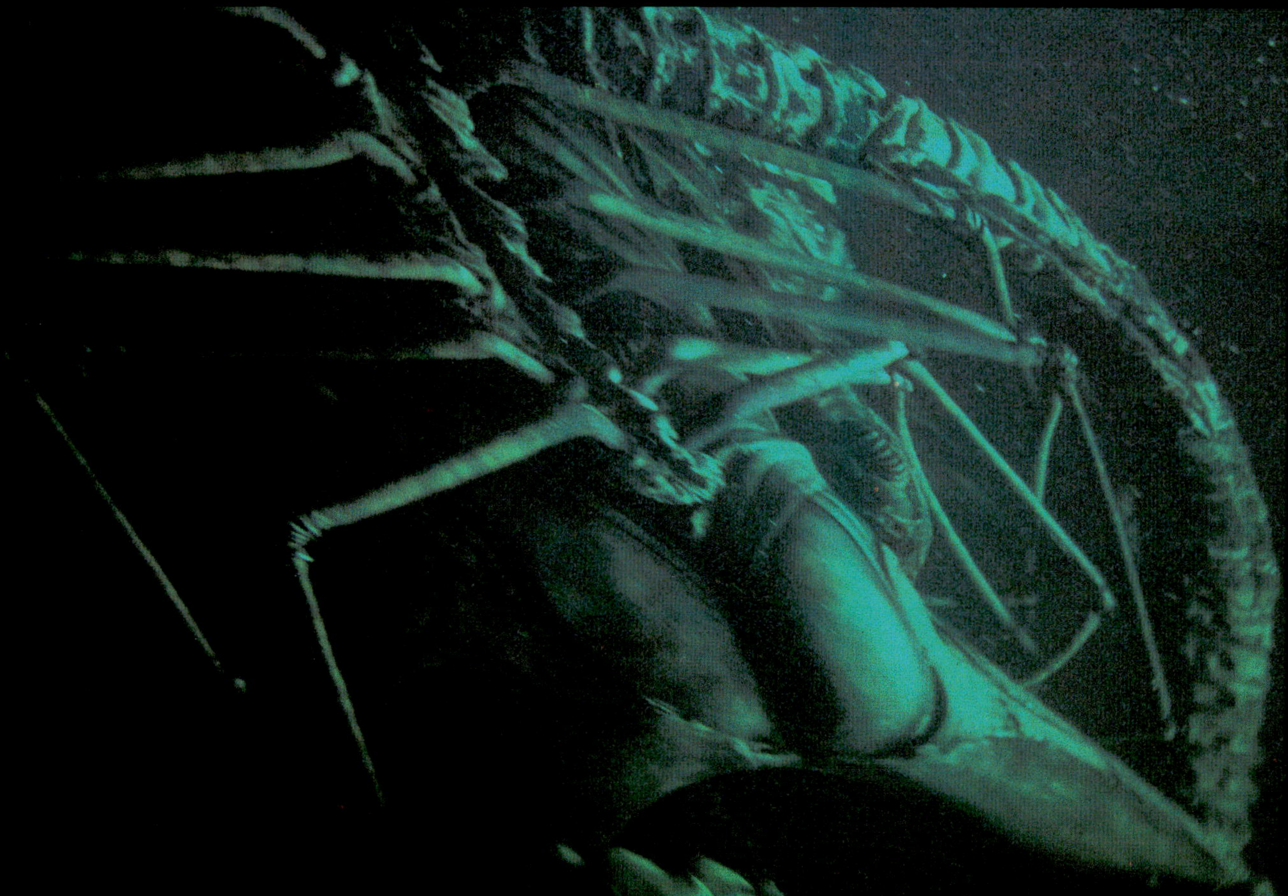
B

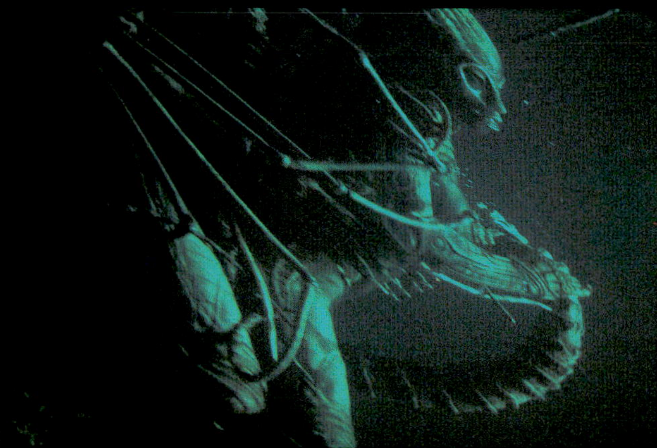
E

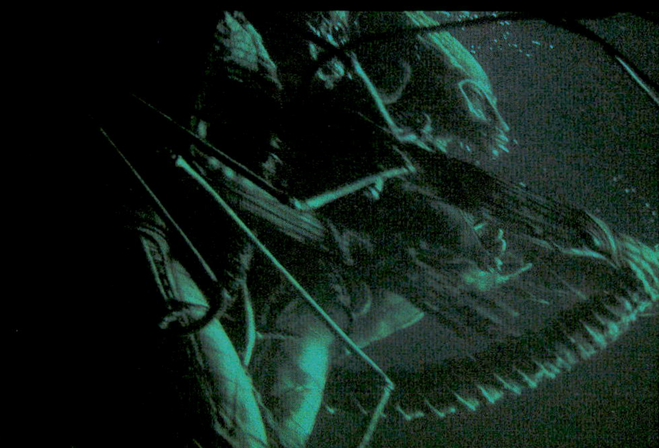
F

A–F: SIL TRÄUMT, VON EINEM MÄNNLICHEN AUSSERIRDISCHEN
IHRES HEIMATPLANETEN BEFRUCHTET ZU WERDEN,
FOTOS: © 1995 MGM INC.

G

G: SIL TRÄUMT, VON EINEM MÄNNLICHEN AUSSERIRDISCHEN
IHRES HEIMATPLANETEN BEFRUCHTET ZU WERDEN,
FOTO: © 1995 MGM INC.

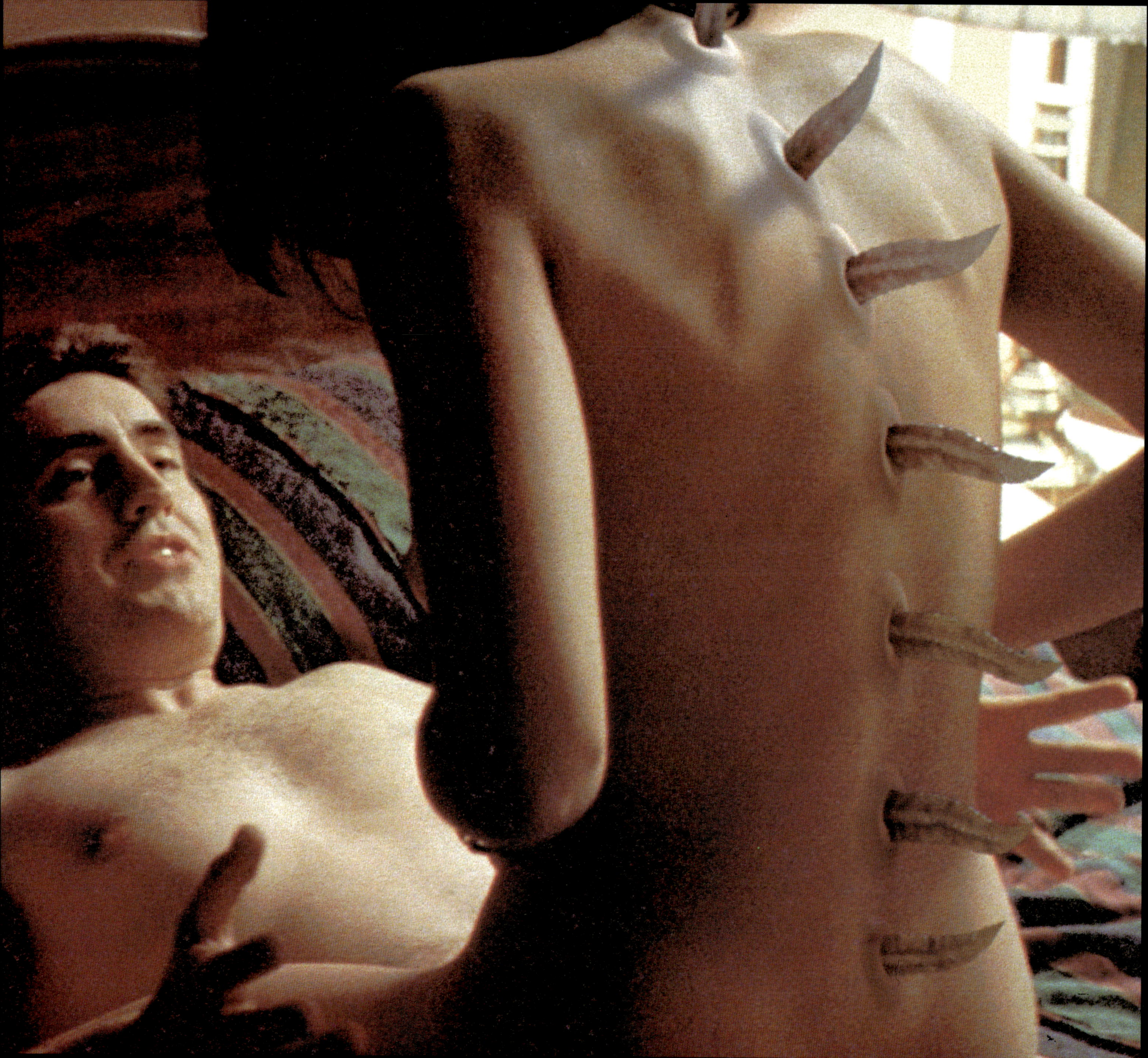

A

A: NACH SILS BEFRUCHTUNG DURCH ARDEN (ALFRED MOLINA), VERWANDELT SIE SICH EIN WEITERES MAL, FOTO: BOSS-FILM

B

C

B + C: 3-D-COMPUTERUMSETZUNG VON SIL IM BRENNENDEN
ÖLBECKEN, FOTOS: BOSS-FILM

GHOST TRAIN

Steve Johnson hatte etwa dreißig Handwerker und Techniker engagiert, um Sil zu bauen, und zum erstenmal lief es so, wie es sein sollte! Nachdem Steve und seine talentierten XFX-Spezialisten die Arbeiten an Sil abgeschlossen hatten, blieb nur noch der Ghost Train übrig, mit dem ich den Leuten in Hollywood zeigen wollte, daß nicht alle Schweizer Gammler und Penner sind. Auf mich persönlich hat Mancuso diese Ausdrücke zwar nie bezogen – davor schützte mich mein Oscar. Auf einige meiner Mitarbeiter aber schon, auch wenn wir die genaue Bedeutung dieser Wörter damals nicht kannten. «Giger and his Hobos», das tönte wie der Name einer Rockband!

Der Einfall mit dem Zug hat mehrere Entwicklungsphasen durchlaufen. Mit Ridley Scott hatte ich einmal während eines dreiviertel Jahres an einem Konzept gearbeitet, das THE TRAIN hieß. Danach hatte ich ein Konzept entwickelt, das vorsah, die Schweiz mit einem pentagrammförmigen Schienensystem zu untertunneln und mit der STT (Swiss Transit Tunnel) alle Transportbedürfnisse der Nation ein für allemal zu befriedigen. Als ich mich nun für SPECIES zu engagieren begann, war ich erneut fasziniert von den Möglichkeiten, die mein Zug eröffnete. Die Traumsequenz hätte ursprünglich auf einem Bahnsteig stattfinden sollen, wo die tödliche Lokomotive mit mächtigen, sich hebenden und senkenden Saugaggregaten fliehende Mädchen jagt. Die Mädchen hätten alle wie die junge Sil ausgesehen und wären vom Ghost Train eingesaugt und in Energie umgewandelt worden. Das Ganze hätte als Alptraum auf Sils mysteriösem Heimatplaneten (Heimat zumindest im genetischen Sinne) stattfinden sollen. Ich versuchte hartnäckig, den ganzen Traum im Film unterzubringen. Leider hat es aber bloß eine vage Idee meines Konzepts bis auf die Leinwand geschafft.

Ich kannte eine Firma, Ball & Sohn, die große, maßstabgetreue Eisenbahnmodelle für den Betrieb im Freien herstellt. Die Spurweiten variieren zwischen 5 Zoll (12,7 cm) und 7 1/4 Zoll (18,4 cm), wie ich sie für meine Gartenbahn verwende.

Während wir noch an Sil arbeiteten, kaufte ich dort bereits meterweise Bahnschienen und einen starken Elektromotor. Das erste Modell, das wir bauten, sah nicht gut aus, weil die verwendeten Totenkopfschädel zu klein waren. Als ich mir später Videoaufnahmen von unserer Lokomotive anschaute, war ich enttäuscht über unsere geringen Fortschritte und stellte die Arbeiten am Zug ein.
Mancuso riet mir, mit den Ausführungen zu warten, bis sich MGM entschieden hätte und ein zweiter

42

42: ZEICHNUNG FÜR DEN GHOST TRAIN, SILS TRAUM, 1994, ÜBERARBEITETE FOTOKOPIE, FILZSTIFT AUF PAPIER, 29.7 X 21 CM

44

41

31

44: ZEICHNUNG FÜR DEN GHOST TRAIN, SILS TRAUM, 1994, KUGELSCHREIBER UND FILZSTIFT AUF PAPIER, 29.7 X 21 CM

41: ZEICHNUNG FÜR DEN GHOST TRAIN, SILS TRAUM, 1994, KUGELSCHREIBER UND FILZSTIFT AUF PAPIER, 29.7 X 21 CM

31: ZEICHNUNG FÜR DEN GHOST TRAIN, SILS TRAUM, 1994, ÜBERARBEITETE FOTOKOPIE, FILZSTIFT AUF TRANSCOP, 29.7 X 21 CM

46A

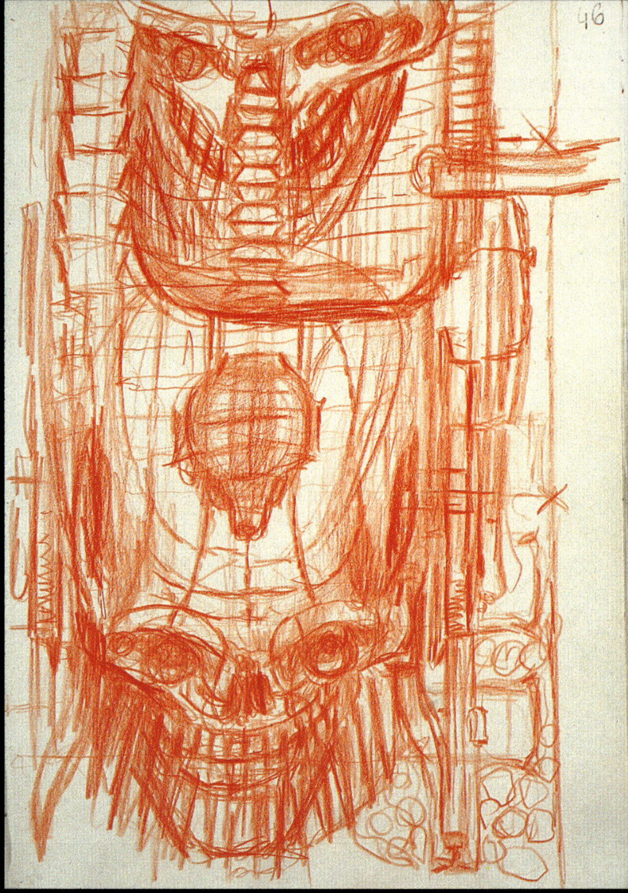

46B

131

46A: ZEICHNUNG FÜR DEN GHOST TRAIN, GHOST TRAIN MIT RECHEN, 1.3.1994, FETT- UND FILZSTIFT AUF PAPIER, 29.7 X 21 CM

46B: ZEICHNUNG FÜR DEN GHOST TRAIN, ANSICHT VON OBEN, 1994, FARBSTIFT AUF PAPIER, 29.7 X 21 CM

131: ZEICHNUNG FÜR DEN GHOST TRAIN, GHOST TRAIN MIT RECHEN, 1994, KUGELSCHREIBER AUF PAPIER, 29.7 X 19.5 CM

SEITE 61: 143A, ZEICHNUNG FÜR DEN GHOST TRAIN, ANSICHT VON VORNE, 1994, ÜBERARBEITETE FOTOKOPIE, FILZSTIFT AUF PAPIER, 45.7 X 48 CM

MGM
SPECIES
M 1:10
© 1994 by HR Giger

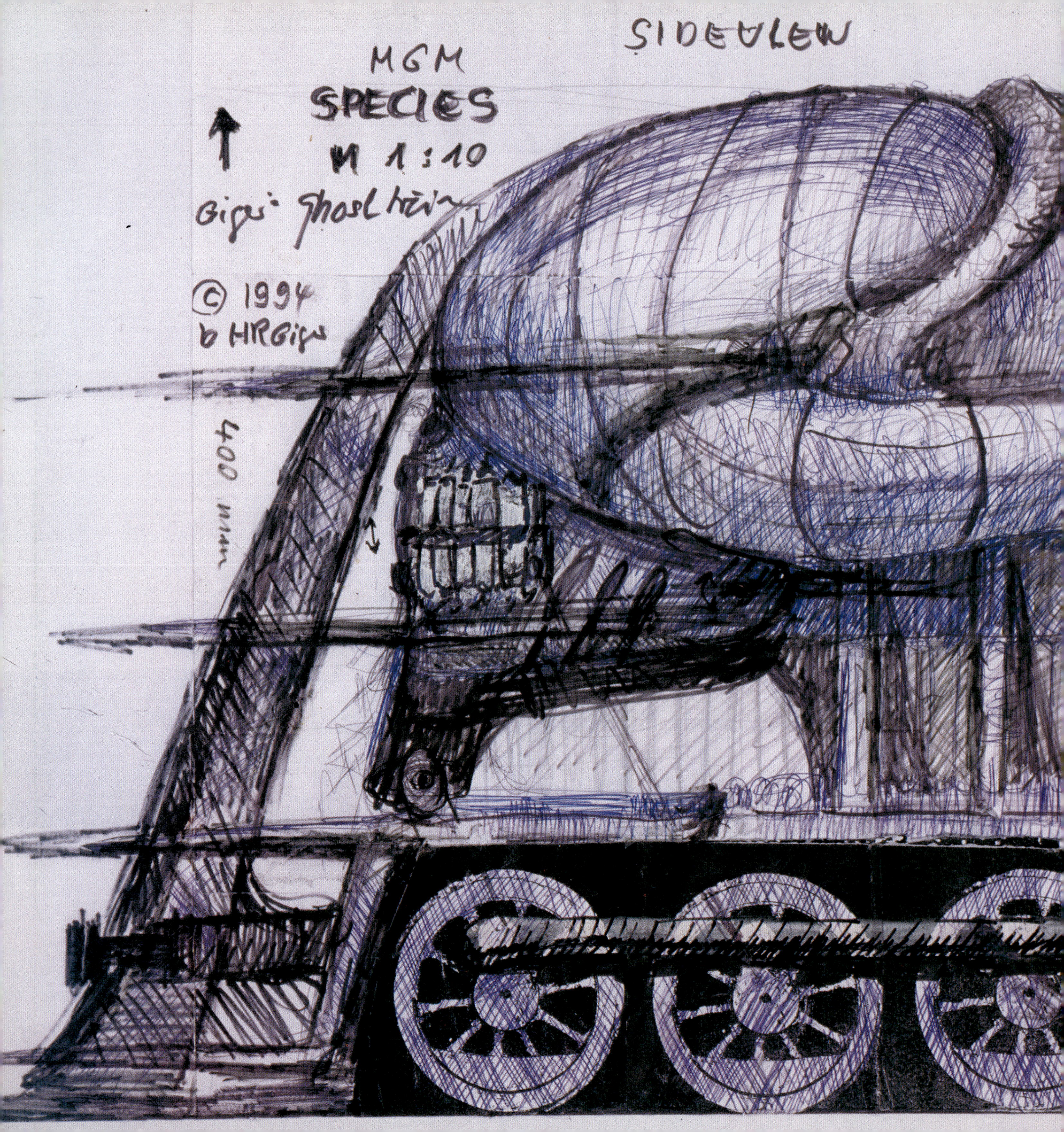
SIDEVIEW
MGM
SPECIES
M 1:10
© 1994
by HRGiger
400 mm

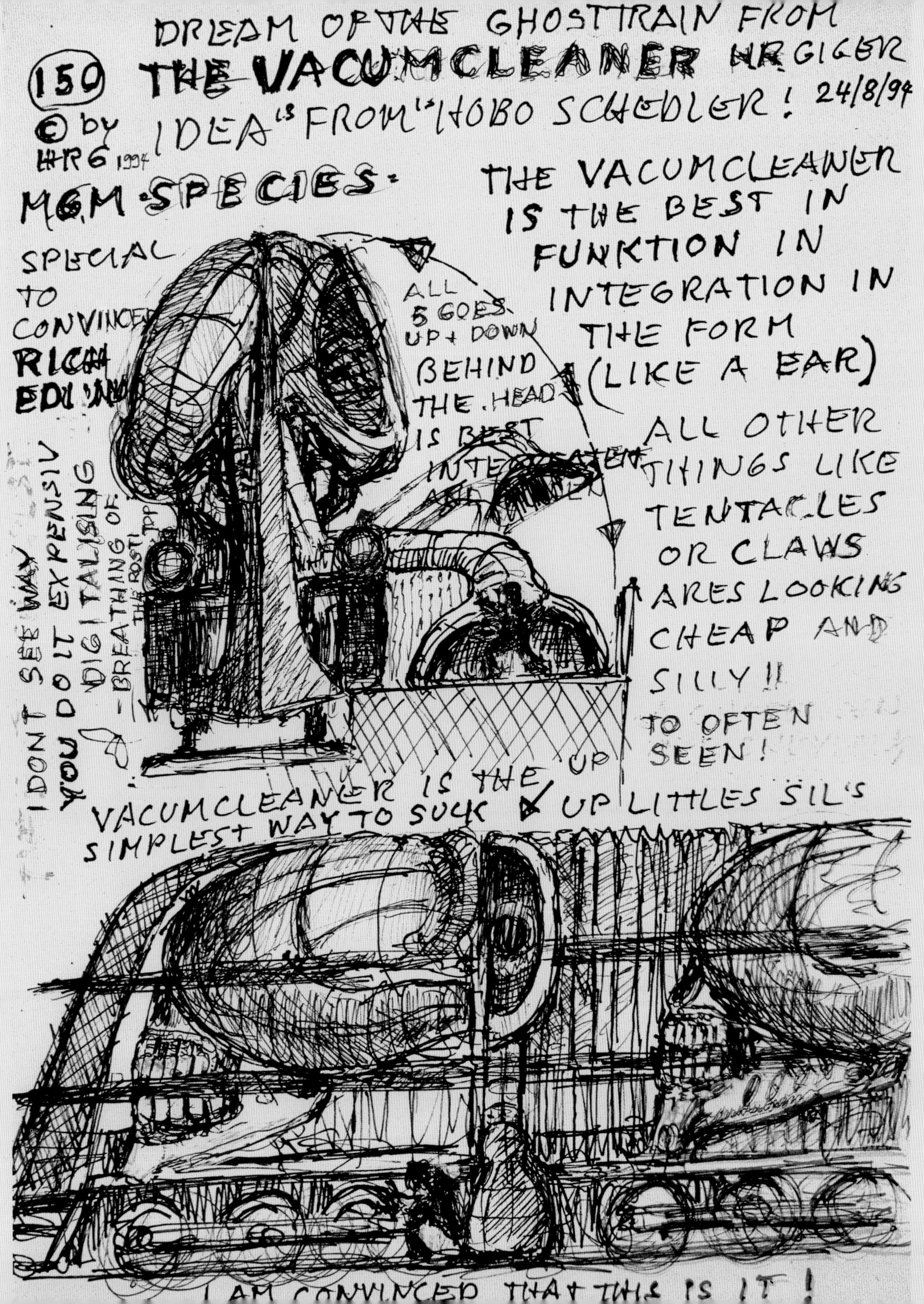
DREAM OF THE GHOSTTRAIN FROM
150 THE VACUMCLEANER HR GIGER
24/8/94
IDEA "IS FROM" HOBO SCHEDLER!
© by HRG 1994
MGM SPECIES
THE VACUMCLEANER IS THE BEST IN FUNKTION IN INTEGRATION IN THE FORM (LIKE A EAR)
SPECIAL TO CONVINCE RICH EDLUND
ALL 5 GOES UP + DOWN BEHIND THE HEAD IS BEST INTEGRATED AND
ALL OTHER THINGS LIKE TENTACLES OR CLAWS ARES LOOKING CHEAP AND SILLY!!
TO OFTEN SEEN!
I DONT SEE WAY YOU DO IT EXPENSIV DIGITALISING - BREATHING OF THE ROST! TOP
VACUMCLEANER IS THE SIMPLEST WAY TO SUCK UP LITTLES SIL'S
I AM CONVINCED THAT THIS IS IT!

Bitte komt
Sie mich Dienstag
nach Ihrer Arbeit
mich Besuchen

Vertrag aufgesetzt werden könnte. Ich wußte allerdings: Wenn es uns nicht gelang, den Zug bis zu einem bestimmten Zeitpunkt fertigzustellen, so würde er schließlich aus Termin- und Budgetgründen gestrichen und nicht mehr ausgeführt, vor allem aber nicht gefilmt werden! Also arbeitete ich trotzdem weiter daran und steckte eine Menge Geld in die Mechanisierung und in die todbringenden Saugarme. Ich hatte gehofft, die ganze Zugsequenz bei uns in der Schweiz filmen zu können. Doch Mancuso war auch hier wieder der Auffassung, daß so etwas trotz der zu erwartenden höheren Kosten in Hollywood gemacht werden müsse.

Der Ghost Train machte unterdessen in verschiedenen Schweizer Werkstätten halt, doch keiner, der daran arbeitete, war ein professioneller Modelleisenbahnbauer. Wir waren so naiv zu glauben, daß es genüge, bei unserem Hauptlieferanten Ball & Sohn einige Räder, Achsen und Motoren zu bestellen und diese dann zusammenzusetzen...

Ich bestand darauf, daß die mit den Rädern verbundenen Pleuelstangen in einem knochenähnlichen, biomechanischen Stil gebaut wurden. Das war aus reinem Metall nicht machbar, wir verwendeten deshalb spezialgefertige Stäbe aus Beracryl. Doch Temperaturveränderungen und die daraus resultierende Ausdehnung und Kontraktion schufen Probleme. Zudem erwies sich die ganze Struktur des Zugs als zu unstabil und ungenau, um einer größeren Belastung über längere Zeit standzuhalten. Es mußte ständig jemand dasein, um die auftretenden Schäden zu beheben, was die Kosten des Unternehmens zusätzlich in die Höhe trieb.

Jedesmal, wenn ein Atelier mit einem Problem überfordert war, dampfte der Zug in die nächste Werkstatt ab. Anfänglich war das Atelier von Andy Schedler mit dem Projekt befaßt, dann folgten Zollinger und de Fries und wieder Schedler. Danach rollte der Zug zu Kasper Wolfensberger und kam schließlich bei Stahl & Traum zum Halt, wo eine Bahnstation gebaut und zwei Waggons angehängt wurden. Da Mancuso sagte, eine Bahnstation koste in Hollywood 50 000 Dollar, wurde diese von Frau Wolfensberg und mir bei Stahl & Traum eben selber gebaut.
Wir drehten auch einen kurzen Demonstrationsfilm von Sils Traum. Wir mußten die Aufnahmen dreimal wiederholen, was dazu führte, daß der Zug einmal mehr beschädigt war und erst wieder geflickt und zurechtgemacht werden mußte, bevor er von einer Möbeltransportfirma sorgfältig in große Kisten verpackt und versandfertig gemacht werden konnte. Inzwischen hatte Frank Mancuso jr. nämlich entschieden, daß der Zug und die Bahnstation per Luftfracht nach Los

128

SEITE 62 + 63: 143B, ZEICHNUNG FÜR DEN GHOST TRAIN, SEITENANSICHT, 1994, BLAUER KUGELSCHREIBER UND FILZSTIFT AUF PAPIER UND ÜBERARBEITETE FOTOKOPIE, 49.5 X 162.3 CM

FALTKLAPPE: 150, ZEICHNUNG FÜR DEN GHOST TRAIN, GHOST TRAIN MIT ABSAUGVORRICHTUNG, 24.8.94, FILZSTIFT AUF PAPIER, 29.7 X 21 CM
SEITE 64: 59, ZEICHNUNG FÜR DEN GHOST TRAIN, SILS TRAUM, 1994, BLEISTIFT AUF PAPIER, 29.7 X 21 CM

128: ZEICHNUNG FÜR DEN GHOST TRAIN, SILS TRAUM, 1994, BLEISTIFT UND FILZSTIFT AUF PAPIER, 29.7 X 19.5 CM

82

139

130

140

141

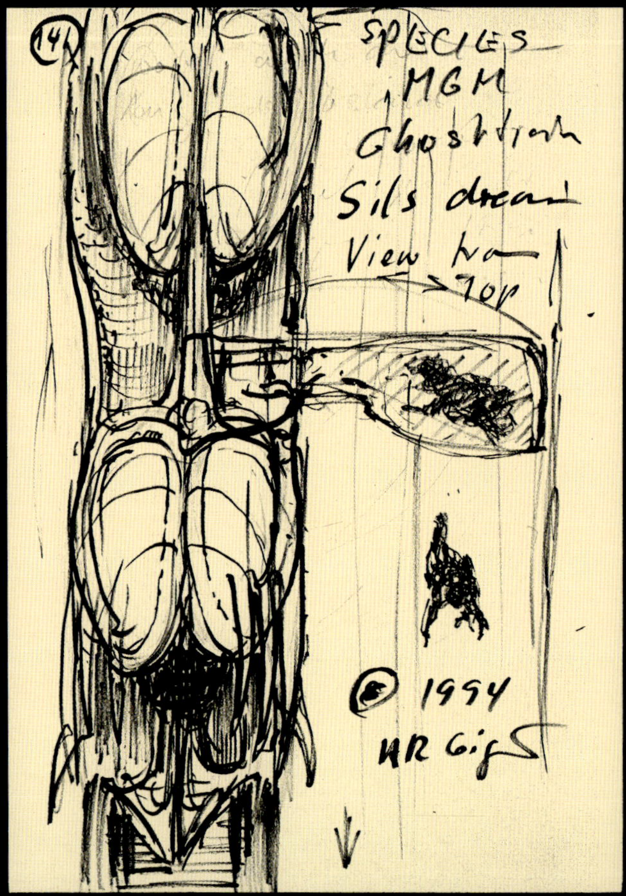

160

82: ZEICHNUNG FÜR DEN GHOST TRAIN, SILS TRAUM, 1994, FILZSTIFT AUF PAPIER, 29.7 X 20.5 CM

139: ZEICHNUNG FÜR DEN GHOST TRAIN, 1994, FILZSTIFT UND BLEISTIFT AUF PAPIER, 29.7 X 21 CM

130: ZEICHNUNG FÜR DEN GHOST TRAIN, SILS TRAUM, 1994, KUGELSCHREIBER UND FILZSTIFT AUF PAPIER, 29.7 X 20.8 CM

140: ZEICHNUNG FÜR DEN GHOST TRAIN, SILS TRAUM, 1994, FILZSTIFT AUF PAPIER, 29.7 X 19.5 CM

141: ZEICHNUNG FÜR DEN GHOST TRAIN, SILS TRAUM, ANSICHT VON OBEN, 1994, FILZSTIFT AUF PAPIER, 29.7 X 19.5 CM

160: ZEICHNUNG FÜR DEN GHOST TRAIN, DIE BAHNSTATION, 1994, KUGELSCHREIBER UND FILZSTIFT AUF PAPIER, 29.7 X 21 CM

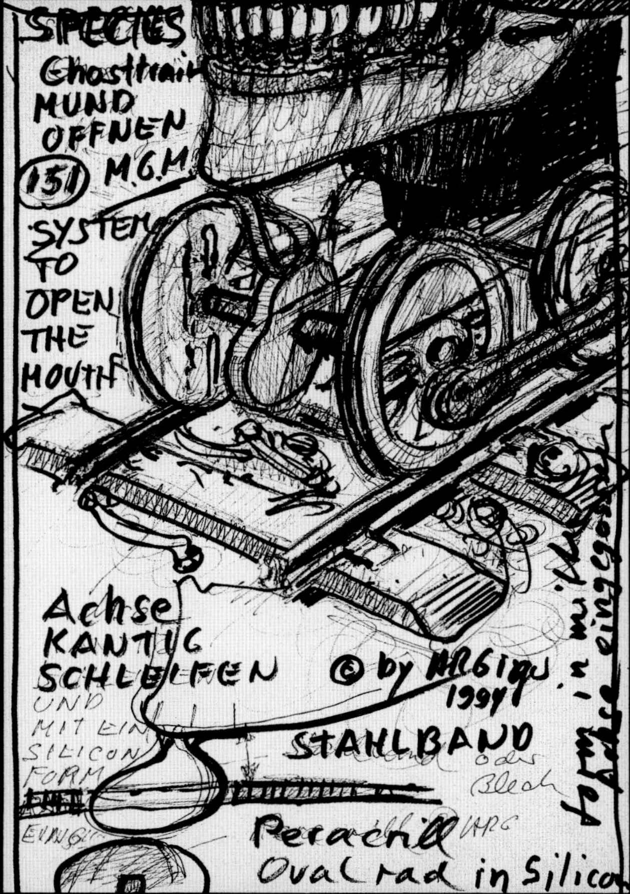

151

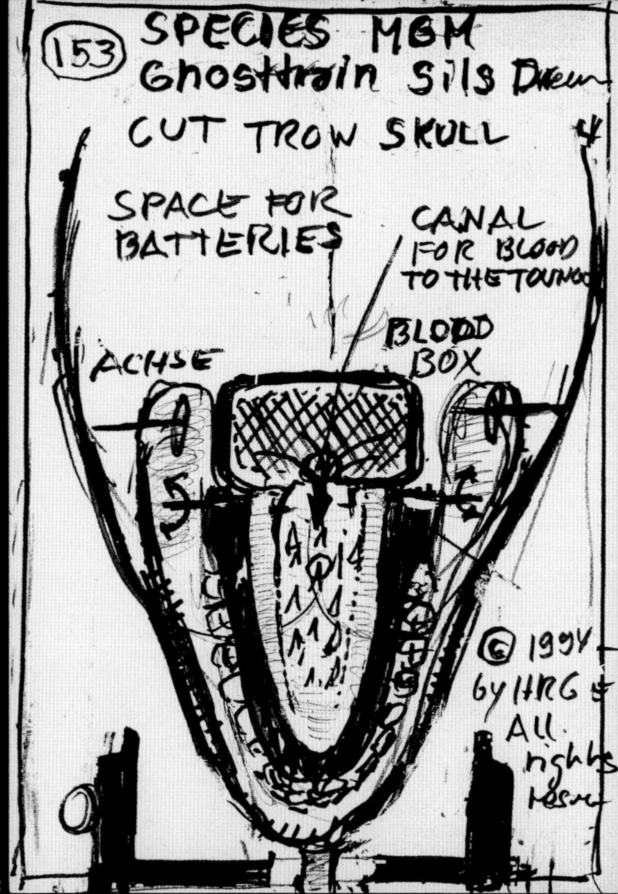

153

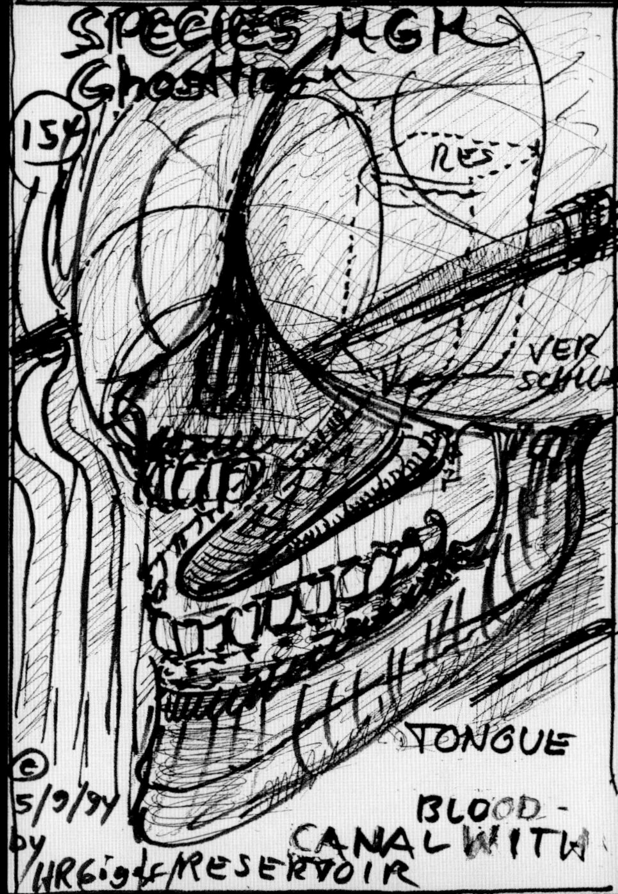

154

155

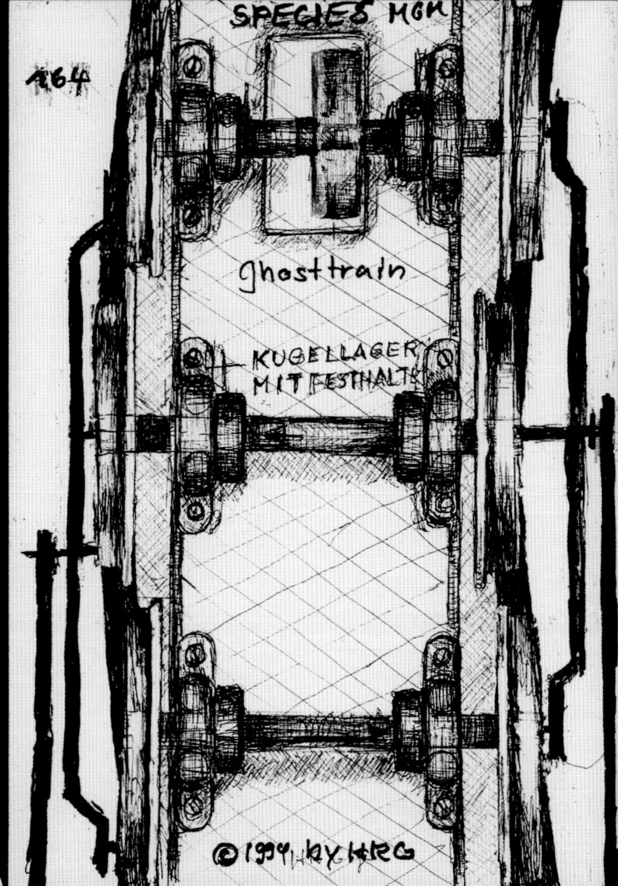

164A

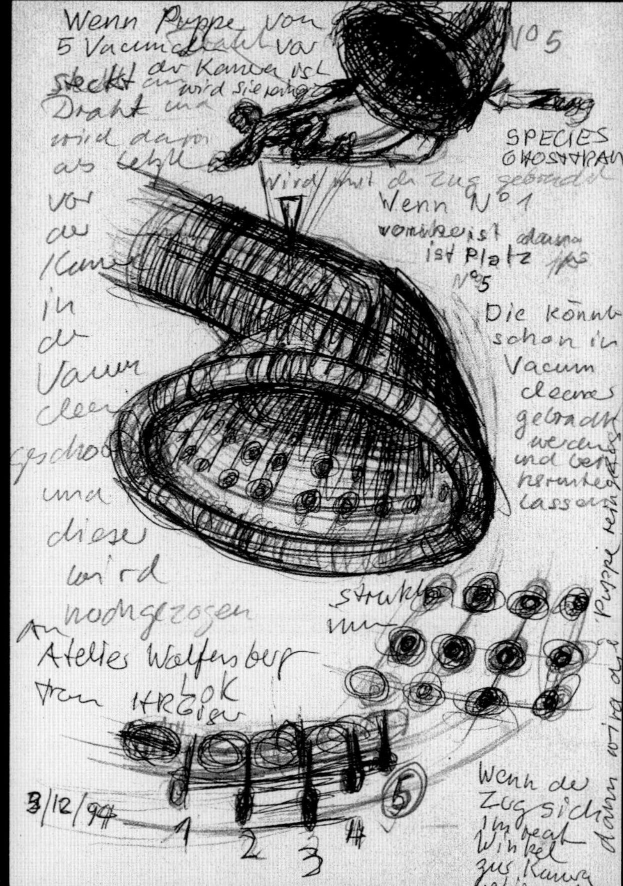

168

151: ZEICHNUNG FÜR DEN GHOST TRAIN, DETAIL, 1994, FILZSTIFT AUF PAPIER, 29.7 X 21 CM

153: ZEICHNUNG FÜR DEN GHOST TRAIN, QUERSCHNITT DES SCHÄDELS, 5.9.1994, FILZSTIFT AUF PAPIER, 29.7 X 21 CM

154: ZEICHNUNG FÜR DEN GHOST TRAIN, DETAIL, 5.9.1994, FILZSTIFT AUF PAPIER, 29.7 X 21 CM

155: ZEICHNUNG FÜR DEN GHOST TRAIN, DETAIL, 5.9.1994, BLEISTIFT UND FILZSTIFT AUF PAPIER, 29.7 X 21 CM

164A: ZEICHNUNG FÜR DEN GHOST TRAIN, DETAIL, 1994, FILZSTIFT AUF PAPIER, 29.7 X 21 CM

168: ZEICHNUNG FÜR DEN GHOST TRAIN, DIE ABSAUGVORRICHTUNG, 3.12.1994, BLEISTIFT UND KUGELSCHREIBER AUF PAPIER, 29.7 X 21 CM

Angeles geschickt werden sollten. Weil mich jeder Tag, an dem der Zug in der Schweiz stand, einen Haufen Geld kostete, war es für mich eine große – wenn auch nur vorübergehende – Erleichterung, die Verantwortung nach Hollywood abschieben zu können.

Die Traumszene mit dem Ghost Train war meine Idee gewesen und weder im ursprünglichen Budget des Films eingeplant noch in meinem Vertrag mit MGM vorgesehen. Die Sequenz würde aufgrund der erforderlichen Spezialeffekte wesentlich mehr als eine normale Filmszene kosten, obwohl sie keine 30 Sekunden lang ist. Natürlich sehen die Geldgeber nicht ein, weshalb sie für so wenig Film so viel Geld ausgeben sollen. Aber beim Film verschlingen solche mit Spezialeffekten beladenen Schlüsselszenen oft Millionen. Und ich war mir absolut sicher, daß wir mit meiner Idee für einen Bruchteil dieses Geldes eine unerhört wirkungsvolle Szene auf die Leinwand bringen könnten – selbst wenn die Saugarme aus Kostengründen schließlich nicht eingesetzt wurden.

Unsere Sendung war in den USA angekommen und per Laster vom Flughafen ins Tonstudio der Boss-Film in Marina Del Rey transportiert worden. Das Material erreichte Richard Edlund bezeichnenderweise an einem Freitag, dem Dreizehnten! Alles war in speziell angefertigten Kisten und Stahlcontainern verpackt, um das Risiko von Beschädigungen auf ein Minimum zu beschränken. James Cowan überwachte das Abladen und Auspacken, das mehrere Stunden in Anspruch nahm. Dann versammelte sich das Team der Nachmittagsschicht um den Zug – und war absolut fasziniert! Richard Edlund rannte herum, um Fotos zu schießen, und freute sich wie ein großes Kind. Dann rief er mich an, um mir seine Begeisterung mitzuteilen.

Von Frank Mancuso jr. und Roger Donaldson bekam ich keine direkte Reaktion. Ich fragte deshalb die anderen, wie denn Mancuso reagiert habe und hörte schließlich, Frank, der das Ganze in die Wege geleitet hatte, habe mitgeteilt, die Zugszene werde definitiv gedreht. Etwas anderes hatte auch niemand erwartet, denn der Zug sah einfach wunderbar aus.

Man hatte mir berichtet, Frank sei mit seinem üblichen, unerforschlichen Gesichtsausdruck dabeigestanden. Ich glaube, daß er bemüht war, keine Reaktion zu zeigen, weil er fürchtete, der Zug könnte zu teurer werden, wenn ich von seinem Interesse Wind bekäme. Ich wartete ungeduldig darauf, daß er mich anrufen würde und saß eine ganze Woche wie auf Nadeln, bis der Anruf endlich kam. Er gab sich erstaunt und meinte, er habe mir doch längst gesagt, wie sehr ihm der Zug gefalle. Vielleicht hatte er auch bloß nicht

A

106

B

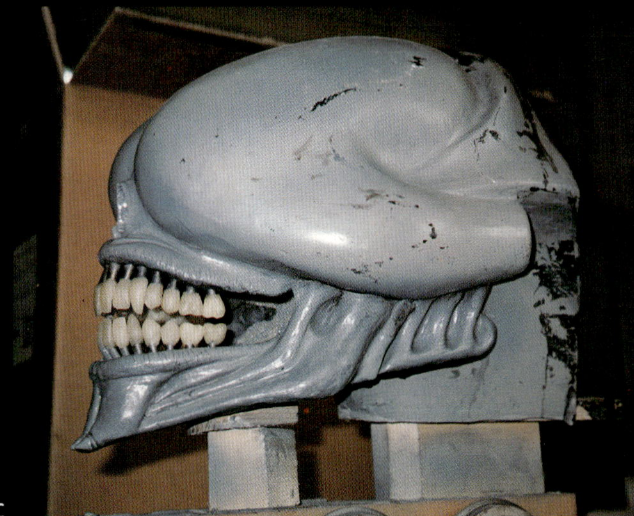

C

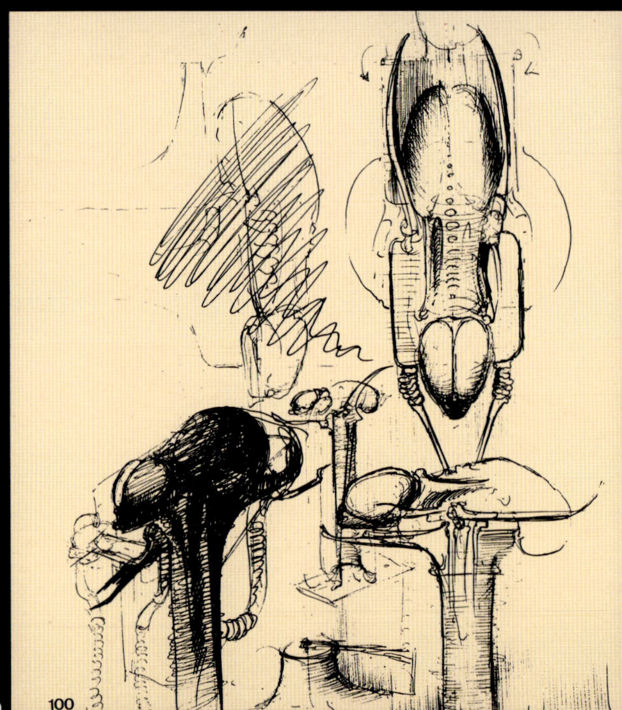

100

D

A: SCHÄDEL FÜR DAS MODELL DES GHOST TRAINS, 1994, FOTO: H.R. GIGER

100: ZEICHNUNG FÜR DIE SKULPTUR BIOMECHANOID, 1968, TUSCHE AUF PAPIER, 25.5 X 20.5 CM

106: BIOMECHANOID, 1969, POLYESTER, 100 X 120 X 52 CM, VERWENDETE SKULPTUR FÜR DIE ERSTELLUNG DES GHOST TRAIN-MODELLS, FOTO: H.R. GIGER

B–D: GHOST TRAIN-MODELL FÜR ORIGINAL-SZENE, 1994, POLYESTER, METALL + HOLZ, FOTOS: ANDY SCHEDLER, FORMART, SCHWEIZ

E

F

G

H

E + F: GHOST TRAIN-MODELL FÜR ORIGINAL-SZENE, 1994,
POLYESTER, METALL UND HOLZ,
FOTOS E–H: SASCHA SERFOEZOE, ATELIER GIGER, ZÜRICH

G: H.R. GIGER MIT DEM GHOST TRAIN-MODELL, 1994,

H: GHOST TRAIN-MODELL FÜR ORIGINAL-SZENE, 1994,
POLYESTER, METALL UND HOLZ

gewußt, wie er mir beibringen sollte, daß er das Geld, das eigentlich mir zustand, hatte aufteilen müssen, um den Zug im Produktionsbudget unterzubringen und sicherzustellen, daß die nötigen Mittel für die zusätzlichen Aufnahmen zur Verfügung standen. Wahrscheinlich fiel es ihm nicht leicht, mir mitzuteilen, daß mir MGM nur die Hälfte meiner Kosten ersetzen werde – eine Zusage, die er MGM hatte machen müssen, um den Zug überhaupt noch in den Film zu bekommen, denn meine Traumszene war zwar ins Drehbuch aufgenommen worden, im Budget aber vergessen gegangen. Was mir Mancuso nicht sagte, war, daß auch die ganzen Merchandising-Rechte am Zug nicht bei mir verbleiben würden.

SPECIES befand sich inzwischen in der Postproduktionsphase, und MGM versuchte, die Kosten zu senken. Man bot mir deshalb, wie gesagt, nur die Hälfte dessen, was ich selber in das Zugprojekt investiert hatte. Sie strichen auch einige der kostspieligen Spezialeffekte, die ich mir für eine optimale Umsetzung der Szene gewünscht hätte. Ich war gezwungen, in eine stark vereinfachte Version meiner Idee einzuwilligen, damit mein Ghost Train überhaupt in den Film eingebaut wurde und der ganze Aufwand nicht umsonst gewesen war. Na ja, wenigstens ist das detaillierte Konzept jetzt in diesem Buch zu sehen.

Wer als Designer versucht, Einfluß darauf zu nehmen, wie seine Entwürfe im Film erscheinen, wird in Hollywood, wo die Spezialisten in einer fast schon militärisch zu nennenden Hierarchie organisiert sind, als echte Plage empfunden. Meistens muß er schon zufrieden sein, wenn er wenigstens ein paar seiner Ideen in den Film retten kann. Die Bahnstation etwa, die wir mit großem Engagement und Aufwand gebaut hatten, wurde für die Aufnahmen überhaupt nicht verwendet. Umgekehrt muß allerdings auch nochmals gesagt werden, daß unsere Vorarbeiten in der Schweiz alles andere als perfekt waren (wir waren ja auch kein Special-effects-Team!), was fraglos einen Einfluß darauf hatte, wie sie in Hollywood zum Einsatz kamen. Mein Traum vom Traum endete also einmal mehr mit einem bösen Erwachen und hatte seine spektakuläre Qualität verloren. Ein mögliches Highlight ist zur Lappalie geschrumpft. Und ich habe erkannt, daß man mindestens der Regisseur oder, noch besser, der Produzent sein muß, um seine Ideen in einem Filmprojekt durchsetzen zu können.
Am Ende habe ich einsehen und akzeptieren müssen, daß man in Hollywood einen wie mich, der mehr an der Qualität als am Geld interessiert ist, nicht begreifen kann. Ich bin in meinen Äußerungen zu ehrlich. Und ich bin ein Idiot (ich weiß es!), daß ich mit meinen Plänen und Ideen herausrücke, bevor die

170

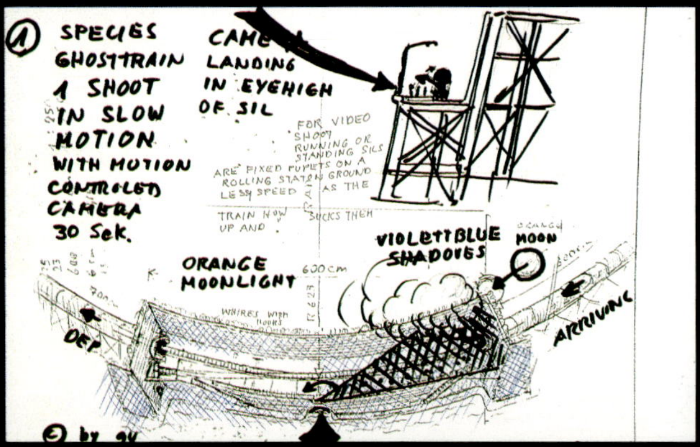

181

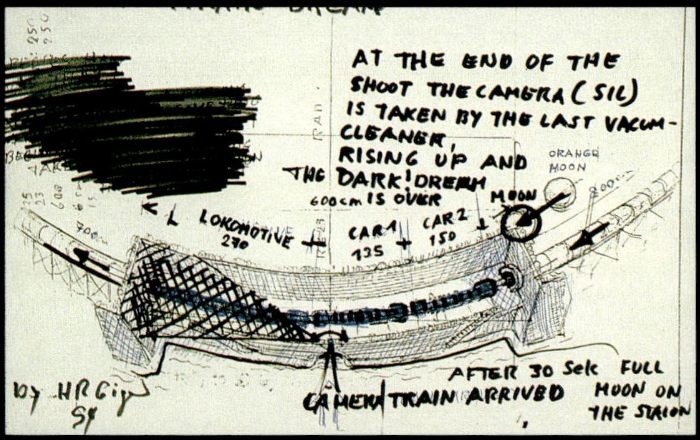

182

170: ZEICHNUNG FÜR DEN GHOST TRAIN, DIE ABSAUGVORRICHTUNG, 15.9.94, FILZSTIFT AUF PAPIER, 20 X 55.9 CM
181 + 182: ZEICHNUNGEN FÜR DEN GHOST TRAIN, DIE BAHNSTATION MIT DEM GHOST TRAIN, 1994, ÜBERARBEITETE FOTOKOPIEN, KUGELSCHREIBER UND FILZSTIFT AUF PAPIER, 21 X 29.7 CM
183: ZEICHNUNG FÜR DEN GHOST TRAIN, DIE BAHNSTATION, 29.10.94, BLEISTIFT UND FILZSTIFT AUF PAPIER, 21 X 29.7 CM
184: ZEICHNUNG FÜR DEN GHOST TRAIN, DIE BAHNSTATION, 14.12.94, ÜBERARBEITETE FOTOKOPIE, FILZSTIFT UND BLEISTIFT AUF PAPIER, 21 X 29.7 CM

25 cm
M 1:1
© 21/9/94
by HRGiger
©HRG 15/9/
RAILSTATION

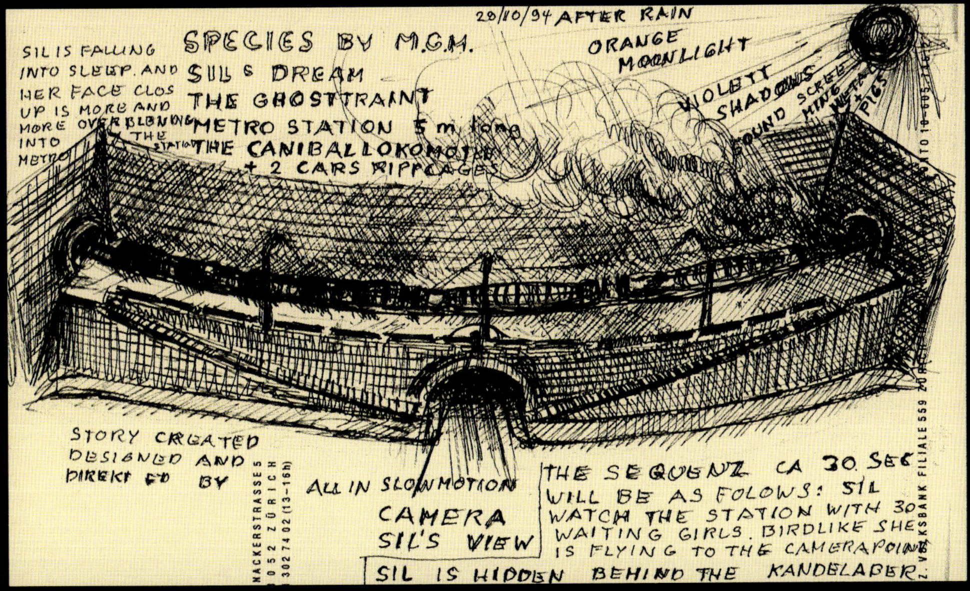
20/10/94 AFTER RAIN
SPECIES BY M.G.M.
SIL'S DREAM
THE GHOSTTRAINT
METRO STATION 5 m long
THE CANIBALLOKOMOTIV
+ 2 CARS RIPPCAGES
SIL IS FALLING INTO SLEEP. AND HER FACE CLOS UP IS MORE AND MORE OVERBLENDING INTO THE METRO STATION
ORANGE MOONLIGHT
VIOLETT SHADOWS
SOUND SCREAMING METAL + PIGS
STORY CREATED DESIGNED AND DIREKTED BY
ALL IN SLOWMOTION
CAMERA SIL'S VIEW
THE SEQUENZ CA 30 SEC WILL BE AS FOLOWS: SIL WATCH THE STATION WITH 30 WAITING GIRLS. BIRDLIKE SHE IS FLYING TO THE CAMERAPOINT
SIL IS HIDDEN BEHIND THE KANDELABER.

183

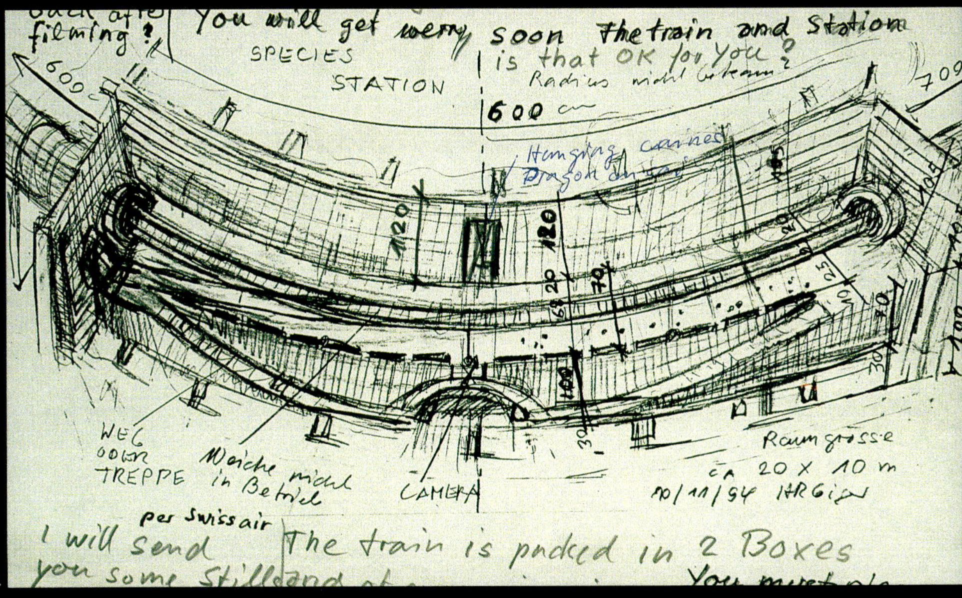
filming?
You will get very soon the train and Station
is that OK for you?
SPECIES STATION
600 cm
WEG ODER TREPPE
Weiche nicht in Betrieb
CAMERA
Raumgrösse ca 20 x 10 m
10/11/94 HRGiger
per Swissair
I will send you some
The train is packed in 2 Boxes

184

187

190
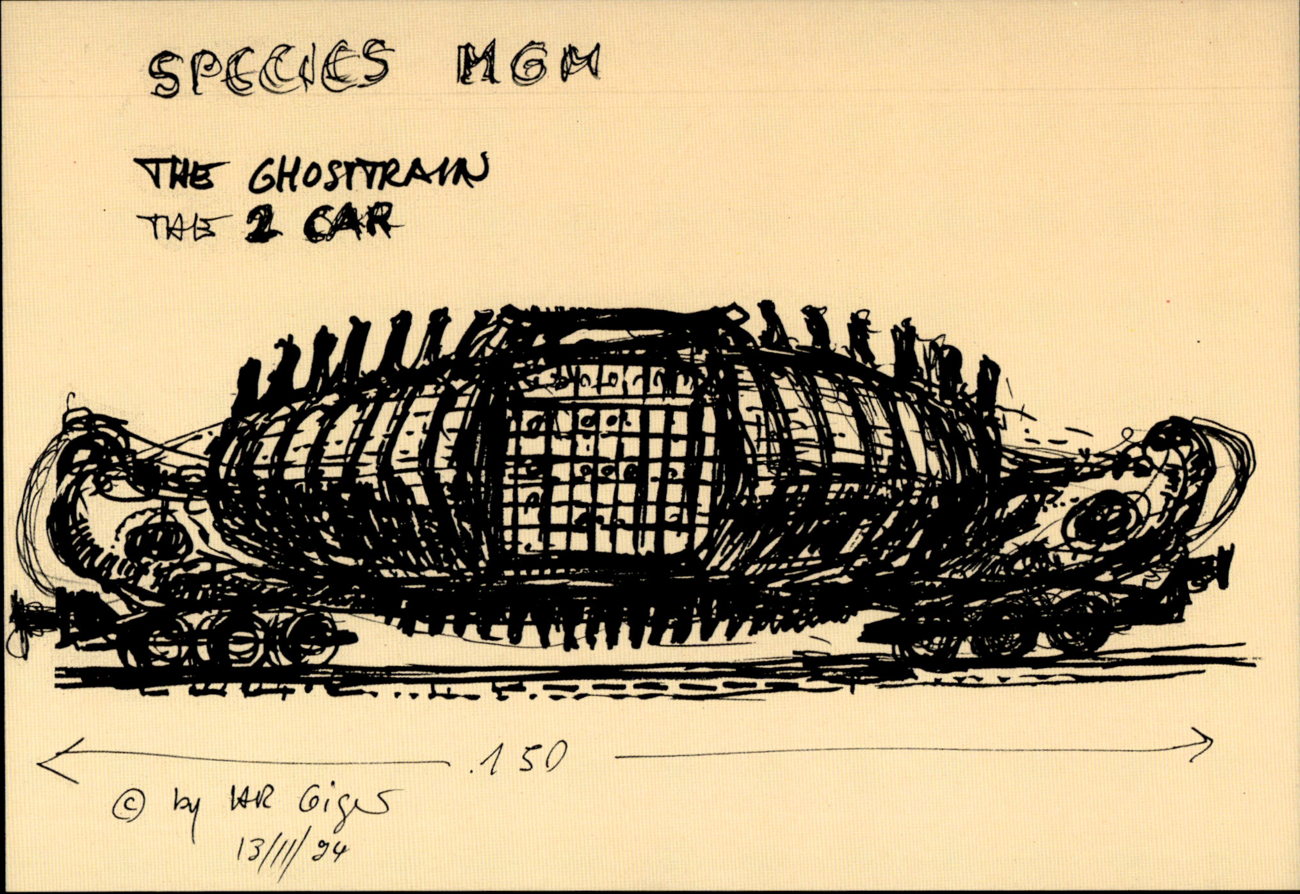

189

191
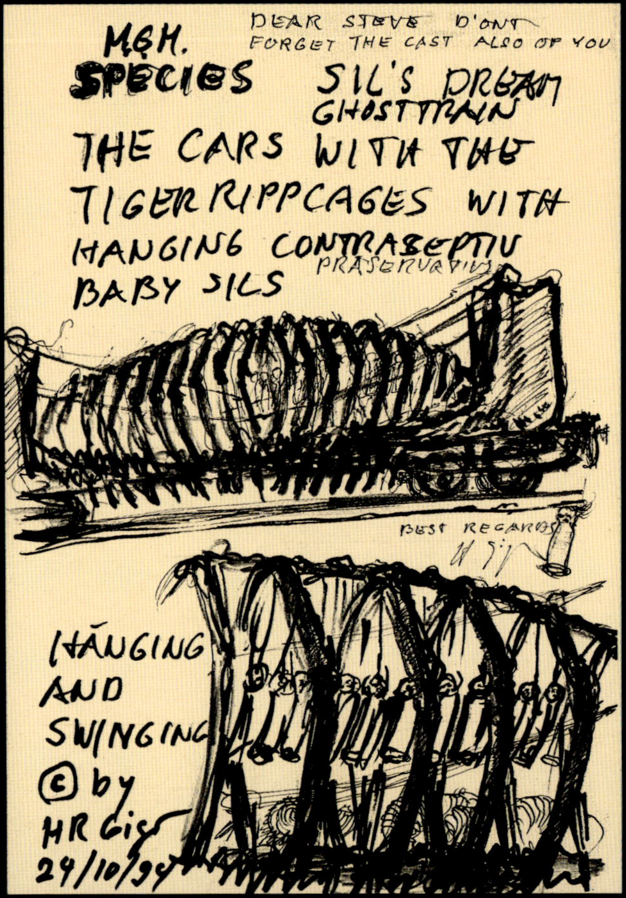

192
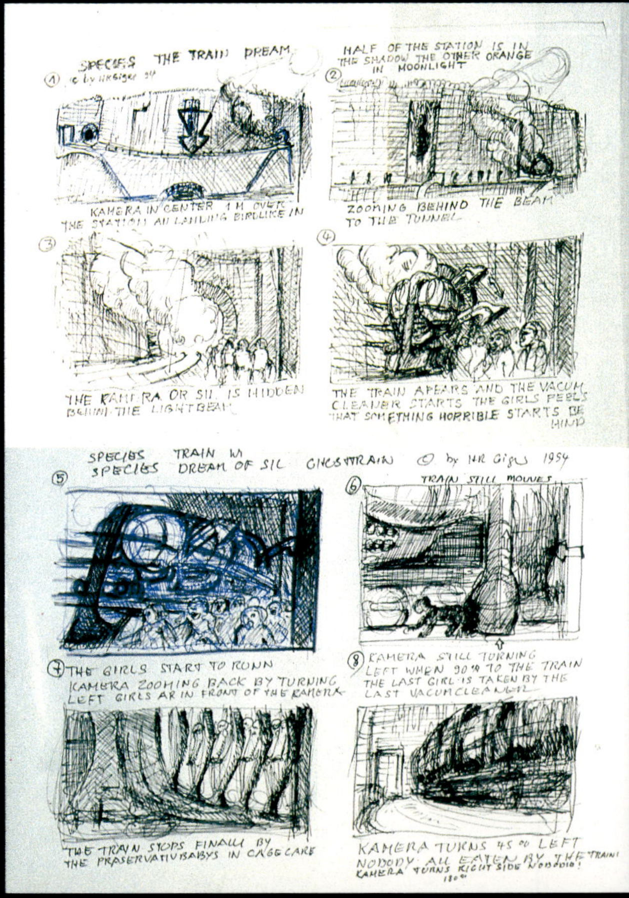

187: ZEICHNUNG FÜR DEN GHOST TRAIN, DIE BAHNSTATION, 13.11.94, FILZSTIFT UND BLEISTIFT AUF PAPIER, 29.7 X 21 CM

189: ZEICHNUNG FÜR DEN GHOST TRAIN, DETAIL EINES WAGENS, 3.10.1994, FILZSTIFT UND BLEISTIFT AUF PAPIER, 28 X 20 CM

190: ZEICHNUNG FÜR DEN GHOST TRAIN, EIN WAGEN, 13.11.94, ÜBERARBEITETE FOTOKOPIE, FILZSTIFT AUF PAPIER, 21 X 29.7 CM

191: ZEICHNUNG FÜR DEN GHOST TRAIN, EIN WAGEN, 24.10.94, FILZSTIFT AUF PAPIER, 29.7 X 21 CM

192: STORYBOARD FÜR DIE GHOST TRAIN-SEQUENZ, 27.11.94, ÜBERARBEITETE FOTOKOPIE, FILZSTIFT AUF PAPIER, 42 X 29.7 CM

A

B

C

A: MODELL DER BAHNSTATION FÜR ORIGINAL-SZENE, 1994, METALL, PVC, KORK, LEIM, PAVATEX, FARBE UND HOLZ
B: MODELL DER BAHNSTATION MIT DER ANKUNFT DES GHOST TRAINS FÜR ORIGINAL-SZENE, 1994, POLYESTER, METALL UND HOLZ

C: MODELL DER BAHNSTATION MIT DEM GHOST TRAIN FÜR ORIGINAL-SZENE, 1994, POLYESTER, METALL UND HOLZ

FOTOS A–C: SASCHA SERFOEZOE, ATELIER GIGER, ZÜRICH

A

B

C

D

Verträge perfekt sind. Auch kann in den Verhandlungen jede meiner privaten Äußerungen gegen mich verwendet werden, weil ein Produzent nun mal nicht der Schweigepflicht eines Psychiaters unterliegt. Und Mancuso war für mich im Verlaufe der langwierigen und zähen Verhandlungen tatsächlich so etwas wie ein Psychiater geworden. Die Rechnung dafür bekam ich in Form meines Vertrages präsentiert, der nicht nur mich, sondern auch James, Les und unseren Anwalt Jerome Sussman in eine schwierige Situation brachte. Das alles rührte daher, daß ich zu oft und zu offen mit Mancuso gesprochen hatte, der sich schließlich gezwungen sah, die tatsächlichen Verhältnisse vor mir zu verbergen. Daß er mein Freund war, komplizierte die Sache zusätzlich und machte ihm schließlich so große Probleme, daß er mir gestand, ich würde ihn nerven und krank machen. Trotzdem stand er mir stets bei, wenn ich mal wieder am Verzweifeln war.

Der Beruf des Produzenten bringt es mit sich, unangenehme Entscheidungen zu treffen und diese Entscheidungen bei den betroffenen Kreativen durchzusetzen. Dieser Prozeß wiederholt sich immer wieder und auch unter Freunden. Manchmal war ich so frustriert, daß ich mich fragte, weshalb sie ausgerechnet mich für diesen Film gewinnen mußten und nicht einen anderen. Es gibt doch so viele Designer! Vielleicht hatte es auch weniger mit der Qualität meiner Designs zu tun als viel mehr mit meiner Begeisterungsfähigkeit für ein Projekt, die mir jede Fähigkeit nimmt, für mich selbst kluge Geschäftsentscheide zu treffen.

Ich habe diese Erkenntnis teuer erkauft. Und ich zahlte sogar den doppelten Preis, indem ich viele Arbeiten an meine Freunde vergab, die auf diesem Gebiet nicht so erfahren waren, wie die Profis in Hollywood. Jedes Stück mußte zwei- oder dreimal gemacht werden. Immerhin habe ich daraus gelernt, was alles schieflaufen kann... Der Zug machte auf seiner längeren Reise bei allen befreundeten Handwerkern halt. Das trieb seine Kosten in astronomische Höhen. Aber Conny de Fries und Andy Schedler brachten auch immer wieder sehr gute Vorschläge ein. Und das ist etwas, was ich nicht bekommen hätte, wenn ich den Auftrag an Hollywood-Profis vergeben hätte. Für mich ist letztlich die Qualität meiner realisierten Werke ausschlaggebend und wie meine Arbeit präsentiert wird. Ich habe deshalb versucht, diese Qualität unter Einsatz eigener Mittel zu verbessern. Niemand wird danach fragen, wieviel ich an einem Projekt verdient habe oder ob ich die Kosten einer bestimmten Filmszene zur Hälfte selbst finanzieren mußte. Entscheidend ist, daß das Studio für seinen Film das bestmögliche Resultat bekommen hat.

H.R. Giger

E

F

A–D: MODELL DER BAHNSTATION MIT DEM GHOST TRAIN FÜR ORIGINAL-SZENE, 1994, POLYESTER, METALL UND HOLZ, FOTOS A–F: SASCHA SERFOEZOE, ATELIER GIGER, ZÜRICH

E + F: WAGEN-MODELLE FÜR ORIGINAL-SZENE, 1994, KNOCHEN, PVC, METALL, BERACRYL, FARBE, LEIM UND HOLZ

A

C

D

B

E

F

A: DONALDSON UND MANCUSO BESPRECHEN DIE AUFNAHME,
FOTOS A–F: JAMES COWAN

B: EDLUND FOTOGRAFIERT DEN GHOST TRAIN

C–F: VORBEREITUNGEN FÜR DIE FILMAUFNAHMEN BEI BOSS-FILM

A

B

C

D

E

F

A–E: ORIGINAL-SZENEN MIT GHOST TRAIN,
FOTOS: JAMES COWAN

F: ZUSAMMENKOPIERTE AUFNAHMEN BEI BOSS-FILM

A

A: ORIGINAL-SZENE MIT GHOST TRAIN,
FOTO: JAMES COWAN

SILS TRAUM

In diesem Traum befindet sich die zehnjährige Sil auf einer Bahnstation, mitten auf einer Brücke, deren beide Enden von Tunnels gebildet werden und so den steilen Hang begrenzen. Dieser Brückenbahnsteig ist ca. 2,50 Meter breit. Über eiserne Treppen beidseitig des Brückenbogens gelangen die Bahngäste auf den Perron. Die Rückseite wird von einer hohen Stützmauer mit Wasserfall gebildet, die auf der Talseite – durch ein Eisengeländer gesichert – die Sicht auf die Brückensohle freigibt, welche ein tiefes Wasser birgt. Aus dem rechten Tunnel, der im violetten Schatten liegt, kommt schwarzer Rauch. Eine rotgelbe Sonne erhellt die linke Tunnelseite.

Sil hat sich hinter dem mittleren Lichtmast versteckt und schaut zwischen den wartenden Passagieren hindurch, die alle wie Sil aussehen, zum dunklen Tunnelschlund. Mit einem metallischen Kreischen, das sich zum Teil wie Schweinegequietsche anhört, leitet der Zug seine Abbremsung ein. Die Lok, die durch den dicken Rauch sticht, hat hinter dem massiven Pflug einen augenlosen Schädel, welcher zwischen den Zähnen etwas Fleischiges zermalmt. Rechts vom Zug, hinter den restlichen vier Schädeln, gehen unaufhörlich Aggregate auf und nieder, die aber nur als Schatten auszumachen sind. Plötzlich beginnen die Mädchen in den vordersten Reihen loszulaufen, denn sie ahnen, daß die fünfköpfige Lok Böses mit ihnen vorhat. Als der Zug schon fast zum Stehen gekommen ist, sieht Sil, wie ein Mädchen, das vor ihr stolpert und zu Boden fällt, vom letzten Saugaggregat in die Höhe gerissen wird und im Schlund des Rohres, der sich hinter dem Schädel befindet, verschwindet. Dort wird das Opfer auf der Zunge nach vorne geschoben zwecks Zerkleinerung. Die fünfteilige Lok, die noch zwei Wagen im Schlepptau führt, ist endlich zum Stillstand gekommen. Sil schaut nach rechts, von wo der Zug gekommen ist, und muß feststellen, daß hier offenbar alle Mädchen vom Zug verschlungen worden sind. Dasselbe Bild links von ihr: Alle Passagiere sind von der Lok aufgesaugt und in Maschinenkraft umgewandelt worden. Vorsichtig tritt Sil aus ihrem Versteck hervor und nähert sich dem letzten Aggregat der jetzt schwer atmenden Lok. Da erschallt ein Pfiff, und der vorderste Teil der Lok setzt sich wieder in Bewegung. Der letzte, bis dahin ruhig gebliebene Teil des Zuges läßt nun plötzlich sein Saugaggregat auf Sil runtersausen und reißt sie in die Höhe. Sie bemerkt nur noch, wie sie hoch über der Lok in ein finsteres Loch fällt. Da erwacht sie schweißgebadet.

H.R. Giger

METRO-GOLDWYN-MAYER PICTURES
Presents
SPECIES

Drehbuch . . . DENNIS FELDMAN
Regie . . . ROGER DONALDSON
Produzenten . . . FRANK MANCUSO, JR. & DENNIS FELDMAN
Kamera . . . ANDRZEJ BARTKOWIAK
Austattung . . . JOHN MUTO
Schnitt . . . CONRAD BUFF
Optische Effekte . . . RICHARD EDLUND
Kostüme . . . JOE I. TOMPKINS
Musik . . . CHRISTOPHER YOUNG
Ausführender Produzent . . . DAVID STREIT
Koproduzent . . . MARK EGERTON
Monster und Spezial-Make-up-Effekte . . . STEVE JOHNSON
Sil und Ghost Train-Design . . . H.R. GIGER
Ghost Train-Szene, Idee und Design . . . H.R. GIGER

BESETZUNG

Fitch . . . BEN KINGSLEY
Press . . . MICHAEL MADSEN
Arden . . . ALFRED MOLINA
Dan . . . FOREST WHITAKER
Laura . . . MARG HELGENBERGER
Sil . . . NATASHA HENSTRIDGE
Junge Sil . . . MICHELLE WILLIAMS
Monster-Darstellerin . . . DANA HEE

STEVE JOHNSON'S XFX, INC.

XFX Art Director . . . BILL CORSO
Sil Creature Supervisor . . . NORMAN CABRERA
Sil Sculptural Supervisor . . . MIKE HOSCH
Mechanical Design Supervisor . . . ERIC FEIDLER
Chrysalis Supervisors . . . BILL BRYANLENNIE, MACDONALD
Lab Creature Supervisor . . . MARK B. WILSON
Lab Creature Effects . . . JOEL HARLOW
Prosthetic Effects . . . RICHIE ALONZO
NIGEL BOOTH, LEON LADERACH
Production Coordinator . . . JOE FORDHAM

BOSS FILM STUDIOS

Visual Effects Designer . . . JOHN MANN
Visual Effects Production Supervisor . . . ELLEN M. SOMERS
Visual Effects Co-Supervisor . . . JIM RYGIEL
Model Supervisor . . . DAVE JONES
Visual Effects Editor . . . THEO WADDELL
Matte Department Supervisor . . . MICHELLE MOEN
Head of Software Development . . . SHAHRIL IBRAHIM
Digital Imaging Supervisor . . . CHRIS EDWARDS
Head of Physical Integration . . . ANDRE BUSTANOBY
Electronics Supervisor . . . JEFF PLATT
Post Production Supervisor . . . MIKE SWEENEY
Lead Motion Capture Puppeteer . . . CRAIG TALMEY
Visual Effects Associate Producer . . . CRYSTAL DOWD
Visual Effects Coordinator . . . SABRINA SILVER
Publicity . . . BOB MAZZA

COMPUTER GRAPHICS IMAGING

Digital Consultant . . . JACQUES STROWEIS
Technical Advisor . . . SEAN PHILLIPS
Digital Model Supervisors . . . JANICE LEW
MAURICE BASTIAN
Animation Consultant . . . DALE BAER
Animator/Motion Capture . . . MARK SWAIN
Digital Lighting Designers . . . BRIAN SAMUELS
MOON HWA SEUN, JEFF SMITH

GHOST TRAIN-FABRIKATION IN DER SCHWEIZ

H.R. GIGER
ANDY SCHEDLER, Atelier Format, Eschlikon
BALL & SOHN, Modellbau, Stein am Rhein
ATELIER CONNY DE FRIES, Zürich
ATELIER KASPER WOLFENSBERGER, Egmatingen
Assistenten von ANDY SCHEDLER:
DANI BOLLER, KURT BOPPART, ANDRE MARGRAITNER, MARCO WUEST

BAHNSTATION-FABRIKATION IN DER SCHWEIZ

H.R. GIGER, TANIA TKATCHUK
ATELIER KASPER WOLFENSBERGER, Egmatingen
URS GROB, Atelier Stahl & Traum, Zürich

SIL FLIEHT AUS DEM HOTEL,

H.R. Giger und Sandra Beretta, 1994, Foto: © Patrick Rochon, Paris

H.R. GIGER
Geboren am 5. Februar 1940 in Chur; arbeitete von 1959 bis 1960 als Bauzeichner, besuchte die Kunstgewerbeschule in Zürich von 1962 bis 1965, qualifizierte sich als Industrie-Designer. Freiberuflicher Maler und Designer seit 1967.

EINZELAUSSTELLUNGEN

1966
Zürich, Galerie Benno

1968
St. Gallen, Galerie vor der Klostermauer

1969
Zürich, Galerie Platte 27, «Biomechanoiden»

1970
Zürich, Galerie Bischofberger, «Passagen»

1971
Bern, Actionsgalerie, mit D. Schwertberger

1972
St. Gallen, Galerie Look (Dibi Däbi)
Biel, Galerie 57
Baden, Trudelhaus, mit H. Schuhmacher
Kassel, Ausstellung des Kunstvereins

1973
Zürich, Galerie Stummer und Hubschmid
Köln, Inter Art Galerie Reich

1975
Chur, Kunsthaus, «Passagen-Tempel»
Zürich, Galerie Baviera, «Gesamtes grafisches Werk»
Zürich, Meier's Gallery of Modern Art

1976
Frankfurt, Galerie Sydow-Zirkwitz
Amsterdam, Galerie Kamp
Paris, Galerie Bijan Aalam
Regensberg, Neue Wohngalerie, «Gesamtes grafisches Werk»
Richterswil, Ugly Club, «The Second Celebration of the Four»

1977
Zürich, Zürcher Kunsthaus
Biel, Galerie Baviera
Paris, Galerie Bijan Aalam

1978
Glarus, Kunsthaus, mit Claude Sandoz
Burgdorf, Galerie Bertram, mit Claude Sandoz & Walter Wegmüller
Büren an der Aare, Galerie Herzog, «Gesamtes grafisches Werk»

1979
Zürich, Galerie Baviera, Werke zum Film «Alien»
Amsterdam, Galerie Kamp
Paris, Galerie Bijan Aalam

1980
Cavigliano, Galerie Baviera, «H.R. Giger sul tema dell' erotismo»
Zürich, Modelia-Haus, Werke zum Film «Alien»
Lausanne, Musée Cantonal des Beaux-Arts, Werke zum Film «Alien»
New York, Hansen Galleries, Werke zum Film «Alien»

1981
New York, The Museum ot the Surreal and Fantastique
Biel, Kunsthauskeller

1982
Winterthur, «N.Y. City-Bilder» und «Sammlung Bijan Aalam»,
Paris, Kunsthalle Waaghaus

1983
Basel, «Art 14'83»; München, Galerie Hartmann; Zürich, Steinle
Bonn, Galerie Klein, Gemeinschaftswerke mit Martin Schwarz
Köln, Galerie am Severinswall, Gem. Werke mit Martin Schwarz

1984
Pfäffikon SZ, Seedamm-Kulturzentrum, «Retrospektive»
Basel, «Art 16'85», Gemeinschaftswerke mit Martin Schwarz
New York, Limelight, «The Dune you will never see»
Biel, Galerie 58, Silvia Steiner, Gem. Werke mit Martin Schwarz

1985
Sierre, Maison Pancrace de Courten, «Retrospektive»
Zürich, Galerie a 16
Nürnberg, «Zukunftsträume»

1986
Büren zum Hof, Galerie Herzog

1987
Zürich, Werkstatt-Galerie, Paul Nievergelt

1988
Zürich, Galerie Art-Magazin, «Drawings Expanded»
Berlin, Petersen Galerie
Rorschach, Museum im Kornhaus, «Grafisches Werk»
Zug, Wickart, «Grafisches Werk»
New York, Psychedelic Solution Gallery, «Gemälde und Drucke»
St. Gallen, Stadttheater, «Essenzia Symposium für Alchemie»

1989
Chur, Gallery Plana Terra, «Grafikausstellung»

1990
Chur, Bündner Kunsthaus, «Werkausstellung zum 50sten Geburtstag», Ausstellung der 12 H.R.G.-Bilder der Sammlung des Museums
Gruyères, Château de Gruyères, «Alien dans ses Meubles»
Wettingen, Informatikschule, «Gemälde und Grafiken»
Guarda, Restaurant Crusch Alba, Zeichnungen von «Mystery of San Gottardo»
Nyon, Galerie Carré Blanc, «Zeichnungen»

1991
Cluse, Macadam – la M.J.C. de Cluse, «Les Livres d'Esquisses»
Zürich, Galerie Art-Magazin, «Buchvernissage ARh+»
Basel, «Art 22'91», Gallery Hilt, «One Man Show»
Davos, Painthouse Academy, Window 92, «H.R. Giger's Biomechanische Visionen»

1992
Zürich, Museum Baviera, «Giger-Retrospektive»

1993
Zürich, Museum Baviera, Retrospektive und Werke zum Film «Alien» und «Alien III»-Design
Lausanne, Galerie Humus, Retrospektive und Ausstellung der Werke «Swiss Transit Tunnel»
Büren zum Hof, Galerie Herzog
Fürth, Galerie P17, Zeichnungen von «Mystery of San Gottardo»
Burgdorf, Galerie Bertram, plus ehemaliges Restaurant Krone, Bilder und Skulpturen-Retrospektive mit «Watch Abart»-Werken
New York, Alexander Gallery, «Retro-NY», Bilder und Skulpturen-Retrospektive mit «Watch Abart»-Werken

1994
Zürich, Galerie Mangisch, «Watch Abart»
Locarno, Galerie Ecllisse
Zürich, Odeon, «Communication Art Zürich»

1995
Brüssel, 13ème festival du film fantastique
Giessen, Kunsthalle, «Konfrontationen», mit Sibylle Ruppert

GRUPPENAUSSTELUNGEN

1962
Basel, Galerie Stürchler

1967
Zürich, Galerie Obere Zäune, «Macht der Maske»
Bern, Kunsthalle, «Science Fiction»

1968
Zürich, Galerie Stummer und Hubschmid, «Hommage à Che»
Zürich, 5 Jahre Galerie Obere Zäune
Erlangen, Galerie Hartmut Beck

1969
Wien, Künstlerische Volkshochschule, «Junge Schweizer Maler»
Zürich, Wengihof, «Kritische Realismen»
Zürich, Helmhaus, «Phantastische Figuration in der Schweiz»
Zürich, Galerie Stummer und Hubschmid, «Edition 12x12»
Berlin/Zürich, «Zürcher Künstler»

1970
Basel, Galerie Katakombe
Basel, Galerie G.
Genf, Galerie Aurora
Lausanne, Musée des Arts de la Ville, «L'Estampe en Suisse»
Kassel, Studio-Galerie des Kunstvereins

1971
New York, Cultural Center, «The Swiss Avant-Garde»
Genf, «3e Salon de la jeune gravure suisse»
Zürich, Strauhof, «Fünf Kritiker zeigen Kunst»
Basel, «Art 2'71»
Paderborn, Pädagogische Hochschule, «Editionen»
Köln, Internationale Kunst- und Informationsmesse
Zürich, Strauhof, «Zürcher Zeichner», Ars ad interim
Chur, Bündner Kunsthaus, «Neueingänge 70/71»

1972
Glarus, Galerie Crazy House
Zürich, Züspahallen, «Zürcher Künstler»
Zürich, «Freiheit für Griechenland»
Zürich, Strauhof, «Werk & Werkstatt»
Krakow, «Biennale internationale de la gravure»
Basel, «Art 3'72»
Luzern, Verkehrshaus, «Künstler-Verkehr-Visionen»
Bradford, Third British International Print Biennale
Tel-Aviv, «Zeitgenössische Schweizer Kunst»
Zürich, Jerusalem, Haifa, «Zürcher Künstler»

1973
Bern, Basel, Lugano, Lausanne, Genf, «Tell 73»
Basel, «Art 4'73»
Zürich, Biennale im Kunsthaus, «Stadt in der Schweiz»
Schaffhausen, Museum zu Allerheiligen, «Kunstmacher 73»
Oberengstringen, «Spektrum 73»
Bern, Galerie für kleine Formate, «small size»
Düsseldorf, IKI, Internationaler Markt für aktuelle Kunst

Von links nach rechts: Max Widerkehr, Viscontini, Daniela Laghi, H.R. Giger, Martin Bruggmann

1974
Winterthur, Genf, Lugano, «Ambiente 74»
Zürich, Strauhof, «66 Werke suchen ihren Künstler»
Chur, Kunsthaus, «GSMBA Graubünden»
Olten, Kunstverein, «Zürcher Fantasten»
München, Galerie Jasa GmbH & Co. Fine Art
Frankfurt, Galerie Sydow, Eröffnungsausstellung
Basel, «Art 5'74»
Chur, Kunsthaus Chur, «Tagtraum», Gemeinschaftswerke mit Claude Sandoz und Walter Wegmüller
Zürich, Glaskorridor des Kunsthauses, «Tagtraum»
Winterthur, Kunstmuseum, «Tagtraum»
Olten, Kunstmuseum, «Tagtraum»
Paris, Galerie J.C. Gaubert, «400 Ans de Fantastique»
Zürich, Galerie Li Tobler, «Manon oder das lachsfarbene Boudoir»
Düsseldorf, Kunstmesse IKI 74

1975
Zürich, Galerie Li Tobler, «Schuhwerke»
Basel, «Art 6'75»
Paris, Galerie Bijan Aalam, «Le Diable»

1976
Nürnberg, Kunsthalle, «Schuhwerke»
Zürich, Villa Ulmberg, «Zürcher Künstler»
Amsterdam, Galerie Kamp, «Fantastisch Realisme»
Zürich, Strauhof, «Zwischen Konflikt und Idyll»
Zürich, Hamburg, Bern, Paris, S.R. Baviera, «DIN A4»
Paris, Galerie Espaces 76, «3 Espaces»
Paris, Galerie Bijan Aalam, «Le Vampire»

1977
Lausanne, Musée Cantonal des Beaux-Arts
Basel, «Art 8'77»
New York, Bronx Museum, «Images of Horror and Fantasy»
Tours, «Multiple 77»
Liège, «Arts à Saint-André»
Zürich, Galerie Baviera, «Echo vom Matterhorn»
Zürich, Galerie Stummer, «Kleinformate»
Zürich, Strauhof, «Das Menschenbild»
Burgdorf, Galerie Bertram
Zürich, Züspa-Hallen, «Kunstszene Zürich»
Paris, Galerie Bijan Aalam, «Le Miroir»

1978
Wien, Künstlerhaus am Karlsplatz, «Kunstszene Zürich»
Chur, Kunsthaus, «GSMBA Graubünden»
Winterthur, Kunstmuseum, «3. Biennale der Schweizer Kunst»
Winterthur, «Aktualität Vergangenheit»
Zürich, Galerie Baviera, «Tagtraum», Gemeinschaftswerke mit Claude Sandoz und Walter Wegmüller
Zürich, Centre Le Corbusier, «Atomkraftwerkgegner-Komitee»
Basel, «Art 9'78»
Bochum, Museum, «Imagination»

1979
Olten, Kunsthaus Olten (Galerie Baviera), «Vorschlag für ein anderes Museum»
Basel, «Art 10'79»
Rennes, Maison de la culture, «L'Univers des Humanoïdes»

1980
Zürich, Kunsthaus Zürich, «Schweizer Museen sammeln Kunst»
Winterthur, Kunsthalle im Waaghaus, «Vorschlag für ein anderes Museum»
Basel, «Art 11'80»
Lausanne, Musée Cantonal des Beaux-Arts, «Schweizer Museen sammeln Kunst»
Zürich, Helmhaus, «Transport, Verkehr, Umwelt»
Los Angeles, Hansen Galleries, «Art Expo West»
Zug, Kunsthaus, «Die andere Sicht der Dinge»
Le Havre, Maison de la culture (Pro Helvetia), «Quelques Espaces Suisse 80»
New York, Hansen Galleries, «Art 1980», International Fair Of Contemporary Art
Glarus, Kunsthaus Glarus, «Die andere Sicht der Dinge»
Lille, Palais Rameau, «Science au Future», 9e Festival de Lille

1981
Ohio, School of Art (Hansen Galleries), «Science Fiction and Fantasy Illustration»
Basel, «Art 12'81»
Chicago, The Picture Gallery, «Space Artistry»

H.R. Giger und Ernst Fuchs, 1982

1983
München, Galerie Hartmann, Stuck-Villa, «Eros und Todestrieb»
Laax, Galerie d'art
Basel, Galerie J. Schotland

1984
Kassel, Orangerie, «Zukunftsträume»

1986
Nürnberg, «Der Traum vom Raum», (Katalog)
Zürich, Galerie Art-Magazin, «Ausstellung Tutti-Frutti», Design von Titelseiten
Zürich, Galerie Art-Magazin, «Fest der Toten "Unter dem Vulkan"»
Dortmund, Museum am Ostwall, «Macht und Ohnmacht der Beziehungen», (Katalog)
Olten, Kunstmuseum, «Collection Baviera»
Zürich, Galerie a 16, Fred Knecht

1987
Lausanne, Galerie Basta, «Fête des Morts»
Shibuya Seed Halle, 21-1, Udagawacho, Shibuya-ku, Tokyo
Shinsaibashi Parco Studio, 1-45, Shinsaibashi Suji, Minami-ku, Osaka
Seibu Hall, 2-3-1, Minoohama, Otsu-shi. Shiga-Pref. Science-fiction-Ausstellung mit Werke zum Film «Alien» in vier Museen in Tokio und in drei weiteren Städten

1988
Martigny, Les Caves du Manoir, «Fête des Morts»
Frankfurt, Buchmesse, Kunsthalle, Edition C
Zürich, Shedhalle, «Kunst Woher Wohin»
Zürich, Museum für Gestaltung, «Kunstszene Zürich»

1989
Frankfurt, Buchmesse, Kunsthalle, Edition C
Zürich, Galerie Art-Magazin, «Accrochage»
Yverdon, Château Aula Magma, Les Amis d'Ailleurs
Zürich, Galerie Art-Magazin, «Fête des Morts»

1990
Zürich, Helmhaus, «Ankäufe 1988»
Genf, MJC St. Gervais, «Ailleurs est proche»
Berlin, Haus der Kulturen der Welt, «Kunst und Krieg»
Paris, Galerie d'Art Dmochowski, «Les Visionnaires»
Montreux, Musée du Vieux Montreux, «Fête des Morts»

1991
Lausanne, Gallery Humus, «Les Inconnues»
Chur, Jugendhaus, «Comix-Ausstellung»
Zürich, Helmhaus, «Verwandtschaften»
Yverdon, Maison d'Ailleurs, «Giger Bibliothek», umgestaltete Gefängnis-Zellen mit Gemälden, Möbeln und «Alien»-Filmzubehör
Martigny, Le Manoir, «Fête des Morts»

1992
Sevilla, Spain, Expo 92, Pabellon de Suiza, «Unerwartete Schweizer»

1993
Basel, MUBA, «Movie World», Ausstellung mit H.R. Giger's Film-design (Gemälde und Harkonnen-Möbel)
Zürich, Neueröffnung der Galerie Art-Magazin
Zürich, Museum der Seele, «More Pricks than Kicks»
Gruyères, Château de Gruyères, «Le Tarot»
Zürich, Museum der Seele, «Day of the Dead»

1994
Zürich, Galerie Art-Magazin
Zürich, Galerie a 16, «Ufo & Ifo»
Zürich, Galerie Mangisch, «Lucifers Rising»
München, Galerie Hartmann
München, Tempel, «Fetisch & Kult»
Venedig, «Du Fantastique au Visionnaire»
Lausanne, Galerie Humus, «Le Sexe des Anges»
Bologna, «Tattoo Convention»

1995
Arbon, Schloss Arbon, «Migros-Säcke»
Zürich, Galerie Art-Magazin, «10 Years Art-Magazin Gallery»
Zürich, Galerie Tumb, «Zyklorama»
Paris, Stardom Gallery, «Les Anges»
Yverdon, Maison d'Ailleurs, «Le Train Fantôme»
New York, Mary Anthony Galleries, «Synaesthesia»
New York, Psychedelic Solution Gallery
Lausanne, Galerie Rivolta, «Magie Noire»
Gruyères, Château de Gruyères, «Le Zodiaque des signes dans votre ciel»
Zürich, Kunststrasse, H.R. Giger mit 3-D-Bildern
Verona, «Abitare il Tempo, Delirium Design»
Zürich, Kunsthaus, «Die grosse Illusion. Die 7. Kunst auf der Suche nach den 6 anderen.»

1996
Venedig, Wien, Barcelona, «Die grosse Illusion. Die 7. Kunst auf der Suche nach den 6 anderen.»
Milano, Arteutopia, «Suoni & Visioni»

WERKE IN PERMANENTEN AUSSTELLUNGEN

Chur, Bündner Kunstmuseum, Gemälde und Skulpturen
Chur, Kalchbühlcenter, Giger-Bar, Möbel- und Innenarchitektur-design H.R. Giger, Architekt Thomas Domenig
Tokio, Giger-Bar über vier Stockwerke, Design H.R. Giger
Yverdon, Maison d'Ailleurs, SF Museum mit «Giger-Bibliothek», umgestaltete Gefängnis-Zellen mit Gemälden, Skulpturen und «Alien»-Filmzubehör
St. Gallen, Restaurant Haus zur letzter Latern, Mappe «700 Jahre Warten auf...» und Skulpturen

Giger-Bar, Kalchbühlcenter, CH-Chur, Tel.: 081 23 75 06, Foto: © W. Spiller

H.R. Giger bei der Arbeit (Alien Monster IV), 1978, Foto: © Paris-Match

MITARBEIT AN FILM UND THEATER

1967
«High und Heimkiller», Filmbeitrag an Poëtenz-Show von Urban Gwerder, 16 mm, 11 Min., Magnetton, in Zusammenarbeit mit F.M. Murer

1968
«Swiss-Made, 2069», Mitarbeit an einem Science Fiction-Film von F.M. Murer, 35 mm in Farbe, 45 Min., Lichtton

1969
«Early Moming», Mitarbeit an einer Peter Stein-Inszenierung im Schauspielhaus Zürich

1972
«Passagen», Farbfilm über H.R. Giger von F.M. Murer für den WDR, Köln, 50 Min., Lichtton, Sonderpreis für den besten Fernsehfilm, Filmtage Mannheim

1973
«Tagtraum», Farbfilm über das psychedelische Treffen der drei Maler Claude Sandoz, Walter Wegmüller und H.R. Giger in Sottens, von Jean-Jacques Wittmer, Basel, 28 Min., Magnetton

1975
«Giger's Necronomicon», 16 mm-Farbfilm, 40 Min., über das Werk H.R. Giger's von 1972–1975, von J.J. Wittmer und H.R. Giger

1976
«Dune», Dekorentwürfe für A. Jodorowskys 70 mm-Farbfilm nach dem gleichnamigen, preisgekrönten Buch von Frank Herbert (Film später von David Lynch realisiert, ohne H.R. Giger)

1977
«Giger's Second Celebration of the Four», Filmfragment von J.-J. Wittmer und H.R. Giger, 16 mm, Magnetton, 5 Min.

1978
«Alien», 117 Min., Horror-Science-fiction-Kinofilm von Ridley Scott nach dem Drehbuch von Dan O'Bannon, Brandywine Prod., Los Angeles, 20th Century Fox-Film, Los Angeles-London

1979
«Giger's Alien», Dokumentarfilm, 16 mm in Farbe, über H.R. Gigers Arbeit für «Alien», 34 Min., Magnetton, produziert von M. Bonzanigo, H.R. Giger und J.-J. Wittmer

1981
«H.R. Giger's Dream Quest», von Robert Kopuit, BCM-Video-Recording auf 1 inch-Tape, 40 Min., Interview und Videoanimation
«Koo-Koo», Promotionsfilm für D. Harry, ca. 6 Min., von H.R. Giger

1982
«A new face of Debbie Harry», 30 Min., Magnetton, Dokumentarfilm von F.M. Murer

1986
«Poltergeist II», 87 Min., Film von Brian Gibson nach dem Drehbuch von Michael Grais und Mark Viktor, MGM Productions, L.A.
«Prix Tell», Gestaltung des Preises für Schweizer Künstler, jährliche Verleihung durch TV DRS

1988
«Teito Monogatari», 135 Min., Film von Akio Jitsusoji, Adaptation eines Buches von Hiroshi Aramata, Prod. Japan

1990
«Alien III», 112 Min., Film von David Fincher, 20th Century Fox, L.A.
«The Mystery of San Gottardo», eigenes Filmprojekt von H.R. Giger (in Entwicklung)

1991
«Alien I–III», Dokumentarfilm von Paul Bernard, Material & Interview mit H.R. Giger enthaltend, Prod. CBS/20th Century Fox
«Alien I», Laserdisc, Dokumentarfilm von und Interview mit H.R. Giger enthaltend
«Horror Hall of Fame Awards», Dokumentarfilm von H.R. Giger enthaltend

1992
«Satanskopf», Film für das Deutsche TV (Ungelöste Geheimnisse) mit einem Okkultismus-Szenario von H.R. Giger
«Wall to Wall», BBC Dokumentarfilm über Cyberpunk-Filme mit Interviews von H.R. Giger, William Gibson und Bruce Sterling
«Omnibus», H.R. Giger-Interview über Regisseur Ridley Scott, Prod. BBC, London
«Giger's Passage to the Id», 30 Min., Dokumentarfilm von Atro Lahtela and Juhani Nurmi für das Finnische TV
«Sex, Drugs and Giger», 16 mm-Farbfilm, 4 1/2 Min., Trickfilm mit H.R. Giger-Bildern von Sandra Beretta und Bätsch für das Filmfestival Solothurn

1993
«Brother to Shadows», The Alien World of H.R. Giger, Dokumentarfilm von Morpheus International, Regie: David Frame, Prod. James R. Cowan und Clara Höricht-Frame (in Entwicklung)

1995
«Species», 110 Min., Horror-Science-fiction-Film von Roger Donaldson nach dem Drehbuch von Dennis Feldman. Prod. Frank Mancuso jr. für MGM, Los Angeles
«Benissimo», 6'04", eine filmische Ballett-Choreographie für fünf Tänzerinnen in einer dreidimensionalen Installation aus Bildern von H.R. Giger, Regie und Drehbuch von Max Sieber, Prod. TV DRS, Schweiz

H.R. Giger mit Oscar für ALIEN, 1980

PREISE UND AUSZEICHNUNGEN

«Inkpot Award», San Diego Comic Convention, 1979
«Academy Award», Oscar for Visual Effects on Alien, 1980
«Readercon Small Press Awards», Best interior illustrator and best jacket illustration, Los Angeles, Morpheus International, 1991
«The Ink-credible Tattoo Award», New York, Tattoo Convention, 1993
«Anerkennungspreis», Graubünden, 1994

TV DRS, Benissimo, 8.4.1995

TV-INTERVIEWS/-DOKUMENTARFILME

ZDF, Heute und Morgen «Zwei Künstler sehen unsere Welt: Pfeiffer und Giger», 1978/79
DRS, TAF, 1979
ORF, Kintop, 1979
DRS, Rendez-vous, 1979
ZDF, A propos Film, 16.10.79
TF1, Temp X «Giger's Alien», 1980
ORF, Café Zentral, 1980
DRS, Film-Szene Schweiz, 29.9.80
SSR, Zone Bleue «Bruno Weber», 10.1980
DRS, Karrussel, 1981
«Giger's Dream Quest», 40', 1981
DRS, Tagesschau «ART 12'81», 1981
ORF, Musik-Szene «Debbie Harry», 10.1981
BBC1, «Debbie Harry», 28.7.81
ORF, Magazin Okay «H.R. Giger-Porträt», 23.5.82
DRS, Kassensturz, 1984
Sidney, The Occult Experience, 1985, by Nevill Drury
SSR, L' aventure surréelle, 27', 1984/85, by Gilber Bovay
3SAT, «Das phantastische Universum des H.R. Giger», 44' 47", 1986
ZDF, «Das phantastische Universum des H.R. Giger», 44' 47", 1986
ZAK, 1987
ZDF, Engel, Teufel und Dämonen, 19.7.87
DRS, Sonntags-Magazin «Gastro Styling U. Steinle», 8.11.87
DRS, Engel, Teufel und Dämonen, 1989
TF1, Créateurs Studio Hollywood, 10.5.89
TSR, Viva «Gens de la Lune», 100', 1990
DRS, Kultur Aktuell «Migros-Tragtaschen», 22.4.90, 19.50
France, «Les livres d'esquisses de H.R. Giger», 1991
DRS, Dynamix, 1992
3SAT, «Giger Bar», 1992
BBC, Omnibus, H.R. Giger-Interview über R. Scott, 1992
BBC, Wall to Wall «Documentary on Cyberpunk», 1992
Finnish TV, «Giger's Passage to the Id», 30', 1992
Teleclub, Close Up «Alien III», 1/3.9.92
RTV, 36', 11.6.92
RTL Plus, Explosiv Magazin, 12.11.92
RTL+, Ungelöste Geheimnisse «Satanskopf», 20', 13.12.1992
Press Kit, «Alien III», 1993
BBC, Man Machine, 1993
DRS, Fragment «Magie und Tarot», 14.1.93
DRS, TAF «Necronomicon», 15.2.93
DRS, TAF «Horoskop», 1993
DRS, Zehn vor Zehn «Satanismus», 2.3.94
DRS, Tagesschau «Pin-Festival Flims», 2,5', 9.4.1994
DRS, TAF-Bazar «Mondaine N.Y.C.-Watch», 13.4.94
S Plus, City Arte, 26.5.94
RTV, Alien-Swatch «Ausstellung Mangisch Zürich», 30.5.–5.6.94
DRS, Zehn vor Zehn «Haus zur letzten Latern», 1.7.94
DRS, Aktuell «Haus zur letzten Latern», 1994
ZDF, Aspekte «Fetisch und Kult», 1994
SCI-FI-Channel, Trader, 12.12.94, 23.54
R.T.B.F., Téléjournal «Festival du film fantast. Bruxelles», 3.1995
B.R.T.N., Ziggurat «Festival du film fantastique Bruxelles», 3.1995
Télébruxelles, Travelling «Festival du film fant. Bruxelles», 3.1995
VT4, émission cinéma «Festival du film fant. Bruxelles», 3.1995
Vox, Wahre Liebe, 1995

ORIGINALGRAPHIKEN UND MAPPENWERKE

«Ein Fressen für den Psychiater», 1966, Kartonmappe Siebdruck, 12 Reproduktionen DIN A4, Zeichnungen Plandruck, Mappe numeriert und signiert, in einer Auflage von 50 Ex. 42 x 31 cm (ca. 30 Ex. gedruckt). Druck: H.R. Giger/Lichtpausanstalt Zürich.
«Biomechanoiden», 1969, Portfolio mit 8 Siebdrucken, Schwarz auf Silber, alle numeriert und signiert, in einer Auflage von 100 + XX Ex. 100 x 80 cm (Auflage teilweise verbrannt). Edition: Bischofberger Zürich, Druck: Steiner Zürich.
«Trip-Tychon», 1970, Portfolio mit 4 dreifarbigen Siebdrucken, alle num. und sign., in einer Aufl. von 100 Ex. 100 x 70 cm (Auflage teilweise verbrannt). Edition: Bischofberger Zürich, Druck: Silkprint Zürich.
«Passagen», 1971, Portfolio mit 4 mehrfarbigen Serigraphien, alle num. + sign., in einer Aufl. von 70 + XX Ex. 90 x 70 cm (Aufl. teilw. verbrannt). Edition: Bischofberger Zürich, Druck: Silkprint Zürich.
«Second Celebration of the Four», 1977, Ganzleinenkassette mit Titelrelief und 8 Faltblättern, alle Ausgaben num. und signiert, in einer Auflage von 150 Ex., wovon Nr. 1–10 ein überarbeitetes Foto (Original) enthalten. 42 x 40 cm, Druck: A. Uldry, Hinterkappelen.
«Alien», 1978, Portfolio mit 6 Siebdrucken in 4 Farben, alle numeriert und signiert, in einer Auflage von 350 Ex. 70 x 100 cm, 100 Portfolios für den Verkauf bestimmt. Edition: H.R. Giger und 20th Century Fox, Druck: A. Uldry, Hinterkappelen.
«Erotomechanics», 1980, Portfolio mit 6 Siebdrucken in 8 Farben, alle numeriert und signiert, in einer Auflage von 300 Ex. 70 x 100 cm, Edition: H.R. Giger, Druck: A. Uldry, Hinterkappelen.
«N.Y. City», 1982, Portfolio mit 5 Siebdrucken in 8 Farben, alle numeriert und signiert, in einer Auflage von 350 Ex. Edition: Ugly Publishing Richterswil, Druck: A. Uldry, Hinterkappelen.
«Pilot in Cockpit» und **«Alien Egg»**, Version II, 1978. Edition: 1000, num. und signiert, 19 1/2" x 27". Edition: Dark Horse, 1991.
«E.L.P II, Brain Salad Surgery», 26 1/2" x 22 1/2", 1973 + Debbie Harry, **«Koo Koo»**, Triptychon, 21 1/2" x 34", 1981. LP-Coverart Slg, 1991. 10'000 Drucke, davon 200 signiert und numeriert.
«E.L.P. IX», 28" x 28" mit 24" x 24" (Grösse des Bildes) und **«Biomechanoid»**, 28" x 40" mit 24" x 34" (Grösse des Bildes), 1991. Set von 2 vierfarbigen, signierten und numerierten Drucken in einer Auflage von 495 Ex. Edition: Morpheus International.
«700 Jahre warten auf CH-91», Portfolio (Leporello mit 50 Original Lithographien), alle numeriert (1–75 Spezial-Papier; 76–300 Normal-Papier) und signiert, in einer Auflage von 300 Ex. Edition: H.R. Giger, Druck: Walo Steiner, Asp, 1991.
«H.R. Giger's Baphomet Tarot», Portfolio-Buch, 24 Zink-Lithographien von Zeichnungen, in einer Auflage von 99 Ex., Druck: Walo Steiner, Asp, 1992.
«Stier», **«Fisch»** und **«Zodiac-Brunnen»**, Fünf Farben-Zink-Platten-Lithographie, Edition: Morpheus International, Los Angeles, Druck: Walo Steiner, Asp, 1993.
«Sil Triptychon», © H.R. Giger + MGM, Zweifarben-Siebdruck, 90 x 120 cm, in einer Auflage von 290 Ex. + EA, Edition: Morpheus International, Los Angeles, Druck: A. Uldry, Hinterkappelen, 1995.
«Species hinter den Kulissen», © H.R. Giger + MGM, Sechsfarben-Siebdruck, 90 x 120 cm, Ausgabe A: 170 x 120 cm, 350 Ex. + EA ca. 200 im Handel, alle sign. + num.; Ausgabe B: 100 x 70 cm, 400 Ex. + EA nicht im Handel, alle sign. + num.; Edition: MGM und H.R. Giger, Druck: A. Uldry, Hinterkappelen, 1995.

SPEZIELLE PROJEKTE

«Video-Clip vom Odessa-Film C für Pioneer», in Japan, 1985
«Giger-Bar» in Tokio, Design der vierstöckigen Bar, 1988
«Baphomet – Das Tarot der Unterwelt», Design des Tarot-Kartenspiels, von H.R.G./Akron für AG Müller, CH-8212 Neuhausen a. R., Ausgabe mit Buch, 1993, Ausg. mit Kurzfassung des Buches, 1993, Ausg. mit Kurzf. des Buches + CD, 1995, deutsch, engl. und franz.
«Giger-Bar», Kalchbühlcenter, Chur, Schweiz, 1992
«Dark Seed», Computerspiel (Annerkennungspreis), Cyberdreams, Los Angeles, mit auf H.R. Gigers Werken basierenden Bildern, 1992
«Screensaver», Cyberdreams, Los Angeles, mit auf H.R. Gigers Werken basierenden Bildern, 1995
«Dark Seed II», Computerspiel, Cyberdreams, Los Angeles, mit auf H.R. Gigers Werken basierenden Bildern, 1995
«The H.R. Giger Calendar of the Fantastique», seit 1993 jährlich bei Morpheus Int., Los Angeles
«H.R. Giger Set», Folder mit 3-D Wandkalender 1996, Blankbook, Addressbook + Postcardbook, Benedikt Taschen Verlag, Köln, 1995
«H.R. Giger Diary 1996», Benedikt Taschen Verlag, Köln, 1995
«H.R. Giger 3-D Wandkalender 1996», Sonderausgabe als Portfolio, sign. + num., in einer Aufl. von 350 Ex. + 100 Künstlerex., 1995
«H.R. Giger's Species Design», Sonderausgabe in Leder mit Zinklitho; gedruckt bei Walo Steiner, Asp, 1995
«H.R. Giger's Zodiac-Brunnen» (in Entwicklung)

BÜCHER UND WERKKATALOGE VON UND ÜBER H.R. GIGER

«ARh+» von H.R.G., Walter Zürcher Verl., Gurtendorf, 1971, vergriffen
«Passagen» von H.R.Giger, Bündner Kunsthaus, Chur, 1974, vergriffen
«Katalog zur H.R. Giger-Ausstellung bei Sydow Zirkwitz», Text Horst A. Glaser, Frankfurt, 1976, vergriffen
«H.R. Giger's Necronomicon», Sphinx Verlag, Basel, 1977 und 1978, Neuauflage als **«H.R. Giger's Necronomicon 1»**, Edition C, Zürich, 1984, Edition C, Zug, 1988 (alle Softcover) sowie Edition C, Zug, 1991 und 1996 (Hardcover). Lizenzausgaben: Humanoid Assoc., Paris, 1977, vergriffen; Big O, London, 1980, vergriffen; Treville, Tokio, 1987; Morpheus Int., Los Angeles, 1991 und 1992
«Giger's Alien», Sphinx Verlag, Basel, Edition Baal, Paris, Big O, London, 1980 (Softcover, alle vergriffen), Treville, Tokio, 1987. Neuauflagen: Edition C, Zug, 1989, 1992, 1995 (Hardcover); Titan Books, London und Morpheus Int., Los Angeles 1990
«H.R. Giger's New York City», Sphinx Verlag, Basel, Ugly Publ., Richterswil + Edition Baal, Paris, 1981 (alle vergrif.), Treville, Tokio, 1987
«H.R. Giger, Retrospektive 1964-1984», ABC-Verl., Zürich, 1984, vergrif.
«H.R. Giger's Necronomicon 2», Edition C, Zürich, 1985 (in Frankreich mit einem franz. Textbooklet vertrieben durch Edition Baal, Paris, vergriffen). Neuauflage: Edition C, Zug, 1988 (Softcover) sowie 1992, 1996 (Hardcover). Lizenzausgaben: Treville, Tokio, 1987; Morpheus Int., Los Angeles, 1992
«H.R. Giger's Biomechanics», Edition C, Zug, 1988 (Softcover) Lizenzausgaben: Treville, Tokio, 1989; Morpheus Int., L.A., 1990 + 1992
«H.R. Giger ARh+», Taschen Verlag, Köln, 1991, englisch, deutsch, italienisch, spanisch, niederländisch, schwedisch
«H.R. Giger Posterbook», Taschen Verl., Köln, 6 Vierfarbendrucke, 1991
«H.R. Giger Skizzenbuch 1985», Museum Baviera, Zürich, 1992
«H.R. Giger Postcardbook», Taschen Verlag, Köln, 1993
«H.R. Giger's Necronomicon 1+2», num. + sign. Sammler-Ausgabe, deutsch, 500 Ex. in schwarzem Pecorex-Einband mit Prägedruck und num. + sign. Original-Lithografie «Back to Mother» (Druck: W. Steiner), Edition C, Zürich, 1985. sowie 666 Ex. in schwarzem Leder gebunden, in Kassette, num. + sign. mit Original-Lithographie auf der Innentitelseite (Druck: Walo Steiner), die ersten 23 Ex. mit Hologramm (prod. von Kühne & Partner, CH), Morpheus Int., Los Angeles, 1990
«Giger's Watch Abart '93, New York und Burgdorf», Ausstellungskatalog, H.R.G. und ARh+ Pubications N.Y.C., Leslie Barany, 1993
«H.R. Giger's Species Design», Morpheus Int., Los Angeles, 1995; Edition C, Zug, 1995; Titan Books, London, 1995; Treville, Tokio, 1995
«H.R. Giger's Filmdesign», Edition C, Zug, 1996; Lizenzausgaben: Morpheus Int., Los Angeles, 1996; Titan Books, London, 1996; Treville, Tokio, 1996 (in Vorbereitung)

«H.R. Giger's Necronomicon 1», Edition C

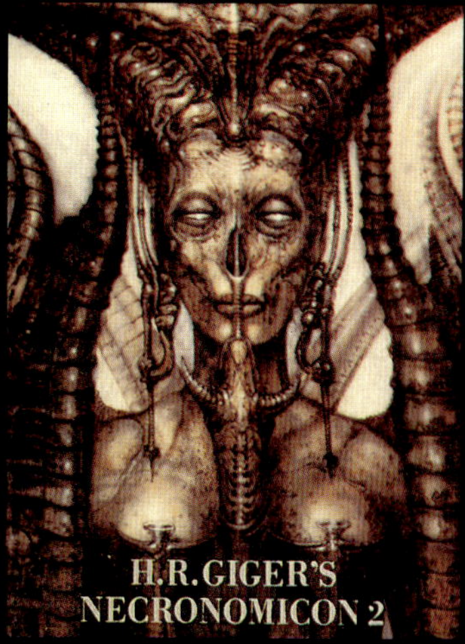

«H.R. Giger's Necronomicon 2», Edition C

«H.R. Giger's Biomechanics», Edition C

«H.R. Giger's New York City», vergriffen

«H.R. Giger ARh+», Benedikt Taschen Verlag, Hohenzollernring 53, D–50500 Köln
Fax (0221) 201 80 59

«H.R. Giger's Alien», Edition C, Pf. 822, CH-8024 Zürich, Vertrieb: Lappan Verlag, Postfach 3407, D–26024 Oldenburg
Fax (0441) 980 66–24

«H.R. Giger's Species», Edition C

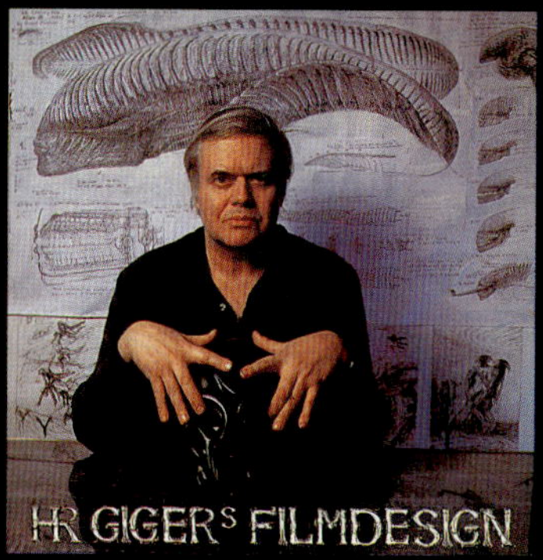

«H.R. Giger's Filmdesign», Edition C

«H.R. Giger Skizzenbuch 1985», Museum Baviera, Zwinglistrasse 10, CH–8004 Zürich
«Giger's Watch Abart '93, New York und Burgdorf», Ausstellungskatalog, H.R. Giger und ARh+ Pubications N.Y.C., Leslie Barany, c/o Morpheus International, 9250 Wilshire Blvd., Suite LL15, Beverly Hills, CA 90212, USA
«Baphomet – Tarot der Unterwelt», AG Müller, CH–8212 Neuhausen a. R.

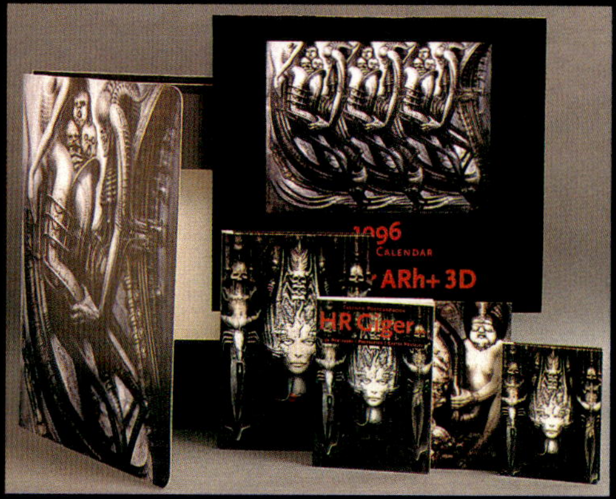

«H.R. Giger Set», Folder mit 3-D Wandkalender 1996, Blankbook, Addressbook + Postcardbook, Benedikt Taschen Verlag, Hohenzollernring 53, D–50500 Köln, Fax (0221) 201 80 59

SPECIES
SPECIES